おなかがすいたハラペコだ。④

月夜にはねるフライパン

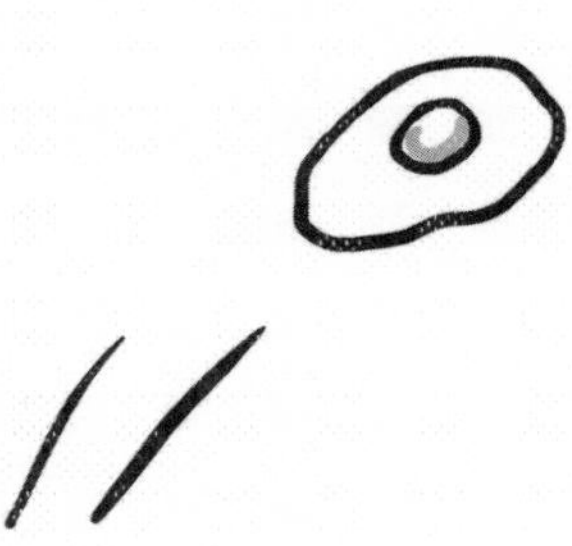

椎名誠

新日本出版社

もくじ

SOBA

装丁／宮川和夫　装画・挿絵／西巻かな

パリの秘密

ぼくが生まれてはじめて行った外国はフランスだった。勤めていた会社が編集関係で、外国取材というとたいていぼくが行かされた。ボーッとしているわりには文章と写真で適当にやっつけていたので便利だったのだろう。だけどこっちに問題があった。言葉だ。フランス語はもちろん、英語だって当時は旅行用語の切れっ端ぐらいしかできなかった。でもまだ二十代と若かったので、費用は全部会社もちだし、行けばいろいろめずらしいものも食えるだろうから行っちゃえ行っちゃえ、というイキオイで今はなきパンナム（パンアメリカン）のエコノミーにとびこんだ。

パンナムはその頃地球を二方向にグルグルまわる世界一周便を飛ばしていて、つまり世界各国順番着陸格安便。

南回りは日本を出るとすぐ香港に着陸、そこを出ると、マニラ、バンコク、ボンベイ（ムンバイ）、続いてカラチだったかな。空港につくと二〜三時間の長いトランジットがあり、エコノミー席からするとトランジットルームの冷たい控え室の床でも背筋をグーンと伸ばして横たわれるのが嬉しかった。

一人旅というのはトイレに行くのにも荷物を全部持って行く。すぐ盗まれるからね。戻ってくると先程ぼくが背伸びして寝ていたスペースは必ず二、三人に占領されていてまるでスキがない。

しかし途中で、ぼくのように一人で旅している同じぐらいの年齢の日本人と出会った。互いに苦労しているからすぐに協力態勢になる。便所も交代で行き、帰りに軽食まで買ってこられる。

そのとき食ったホットサンドが旨かったなあ。難民状態だった旅はとたんに明るいものになった。三種類のまんまるい豆を三角形の包みにぎっしり詰めたやつを、一方のとんがった端っこに穴をあけてそこから適当に豆をススリだすのがあった。簡単な仕組みだけどこういうのが結構たのしかった。ココロにゆとりができたんですね。

その当時のパンナムはひとつの国に降りるたびに搭乗客の入れ替えに燃料補給にと忙しい。機内整備ができるとあたらしい席に座れるようになっていた。なぜか連番のチケットで、トランジットでトモダチになったセーネンと通路ひとつ隔てての並びになった。セーネンはベルギーに花の飾りつけの勉強に行くと言い、フランス語のカンタン単語の練習をしていた。ぼくより少し歳が上でぐんと賢い人のようだった。

「おお、友よ」

ぼくはフランス語をまったく勉強していない。そこでセンパイセーネンに教えてもらうことにした。必要重要単語からいろいろ習っていく。あと数時間すると実際に使わなければならないので必死になった。三十分ぐらいレッスンをうけると結構基本のコトバ「どこ?」とか「あれ」とか「知りたい」ぐらいはわかってきた。ポケットカードに書いていく。

少し余裕ができてセーネンはもしものときのために、と言って「ジュテーィーム」(愛してる)を教えくれた。それが必要なときはまずないが必死に声に出して発音を覚えた。そこにスチュワーデスがとおりかかった。賢いセーネンは「ハッ」と気がついて「これ、あまり大きい声で言わないほうがいいですよ」と言った。そうだろうなあ。

オルリー空港でセーネンと別れた。迎えもいないからそこからは心細かったけれど仕方がない。

タクシーを見つけてホテルの名を言う。フランス語は「H」を発音しないので「オテル・サントノーレ」などとメモを見て言った。B級ホテルだけれどわかってくれた。やれやれ。走り出すとその老運転者はぼくにいろんなことを聞く。しかもフランス語だ。フランスでは老人もフランス語を喋るんだ、と驚きつつ適当に「ウイ（はい）」と答えた。ところがしばらく行くとまた同じような口調で「ファンファンファンファン？」とアランドロンみたいに質問する。

なんだかわからないから再び「ウイ」と答えた。もうそれ以上何も聞かないでくれえ。でもまた同じ質問。だからまた「ウイ」だ。耳が遠いのだろうか、と思ったがちゃんと聞こえているのがわかる。

クタクタになってやっとホテルに着いた。

夜になっていたが飛行機で何食も食べてきたのでそんなに空腹ではない。疲労感ばかりだったので部屋にあるビールを飲んだ。さすがフランスである。とてつもなくでっかい冷蔵庫が部屋の番人のようにどでんと控えている。ドアをあけるとドバアーン！と爆発するように沢山のビールが並んでいる。太っ腹なのだ。それらのビールを飲みつつ、さっきのタクシーの老運転手のことを考えた。あの人はぼくが「はい」「はい」と返事しているのになんでいつまでも同じ質問していたのだろうか。

ふいに気がついた。あの人は「あんたはフィリピーノか？」「ウイ」「あんたはコーリアか？」「ウイ」「あんたはモンゴロイドか？」「ウイ」国籍不明のあんちゃんにそう質問していたような気がする。

そんなことを書いていたらうまいもんの話を書くスペースがなくなってしまった。
でも大丈夫、パリに一カ月間いたが、結果的に一番うまかったのは無料の朝食セット。といってもコーヒーとミルクとパンの三点セット。これが毎日新鮮でうまいのなんの。レストランにはホテルの人は誰もおらず、客は好きなように好きなだけ食っている。といってもそんなにバカスカ食えるものじゃない。大きなカップにコーヒーとミルクをいれてカフェオレにし焼き立てアツアツパンを食べる。伝統の味とはこういうものなんだろうな、と思いました。ロールパンにバターに外の景色だけでもかなりうまい。クロワッサンが感動的にうまい！

日本の旅館だっていろんな料理をズラーッとならべるのはもうやめて、その地方で一番うまいごはんの炊き立て。その宿の手前味噌による季節の具。おしんこに梅干しぐらいで十分のように思う。バイキングスタイルは実は貧しさのあらわれなんだなと気がついた。

ソーメン系一族の時代がきた

このシリーズももう連載百回を超えているからすでに絶対二〜三回書いているのだろうな、と思うけれど内容は忘れてしまったからそのつど違うことを書いているかもしれません、と都合のいいように解釈して、二〇二〇年最新コロナ版として発表することにした。

「ぬああにを偉そうに」と言われる方もいるでしょうが、この連日バクハツしてるような夏の熱風の中でアチアチ汗ダラマーボー豆腐入り青唐芥子《あおとうがらし》赤唐芥子濃厚まぶし揚げたてトロトロ麺などというものについてのくわしい話など読む気がしないでしょう?

ここでとりあげたいのは「ソーメン」です。「なんだ」と思われる方もいるでしょうが、そういう方はどうぞマーボー方面に行っていただいてくださいませ。そこの厨房隣の日当たりのいい席です。

ソーメンはシンプルなのがいいですね。

我が家で作るのは何回分かつかえる量のダシ汁をまず制作します。

①コンブとかつおぶし

②鳥肉とトマト

本年度のオートクチュールはこのようになっています。

①は通年かわらない定番で、これをよく冷やしておいてゆでたてのソーメンをたっぷりの水に泳がして「さあ君たちの活躍するときがきたんだよ」と励ましの声をかける。ザルにいれて素早く水をきり、一方でゆであがったソーメンを特大ドンブリに泳がせてその上に一ミリぐらいに薄切りしたカボスをドーンと全面展開。「美しいなあ」などと花さかじいさんと化してよろこびます。一方でダシ汁を用意。

我が家ではここに梅干しをひとついれ、ほかに用意してある（わけぎ、トウガラシ、シソ、超細切り油揚げを焼いたやつ、焼き海苔《のり》、シイタケの細切りなどのわき役一族）を個人の好みで少量ずついれます。

その日の気分によってぼくはシアゲにゴマをパラパラすることもあります。最初に投入した梅干しを箸でよくほぐし、全体に梅干しの小片《しょうへん》がいきわたるようにします。

これで第一基本体型の完成です。

うまいんですよう。

②のトマトはコンブだしによくあい今年から登場したさわやかカラフルのイタリア出身

です。（イタリア出身は嘘です。詐称です）
冷製スープと一緒に、という感覚です。この夏、妻がいきなりデビューさせました。少なめのソーメンの具で冷製スープを、という感覚です。

ぼくは一人のときにはソーメンよりちょっと太い徳島県の「手延半田《てのべはんだ》めん」にすべてを託しています。作っている会社にじかに注文して大箱や中箱のおとりよせ注文で、四階の屋根裏部屋にいつも常駐させてココロとイブクロを安心させています。

これは本当にソーメンとうどんの中間ぐらいの太さで、一包が一二〇グラム。よほど息も絶えだえ空腹のときは二束茹《ゆ》でてしまいますが通常はまあ一束で十分。

食べ方にキマリはなくソーメンのように食べても十分イケますが、ぼくは妻に頼み、油揚げの煮《に》つけをちょっと多めに作ってもらい、これを冷蔵庫に保管しておきます。

食べるときは普通に茹であがったのをツユなし状態にして油揚げの煮つけを適度にまぜて食べる、というわけです。

油揚げにしては意外に上品に半田めんと味を合体させ「ＯＨＯＨ、トレビアン」などと言って両手を広げてます。ぼくの家は屋根裏部屋にイタリア人（ぼくのことですが）をかくまっているのです。

近くに住んでいる孫の一人、高校二年生がときどき「今度いつ作るの？」などと可愛いことを電話してきます。じいじいは喜んで「今作る、すぐ作る！」と答えるのです。我ながら本当にいいじじいさんです。

ぼくが一人で夕食を作るときはその少年を呼んで簡単カレーうどんにします。野菜を適当にこまかく切ってトロリとするまでゴトゴト煮込み、それをかけて食べる、というただのカレーうどんですが、ソーメンのときのように手の形をしたトングでうどんを器にいれ、カレーをいれて、そのつどアチアチと言いながら食います。これは冬のメニューですね。

冬は妻に大量の「けんちん汁」を作って貰っておいて夕食のときにそこにうどんを投入し、煮込んで食べるのがシアワセです。

しかしこの暑さの中で書いているのはどうも気分がでないですなあ。

そこで再びソーメンに戻っていきます。

ソーメンを薄いダシ汁で煮込み、さめた頃に以前妻に頼みデパ地下で買っておいてもらった天ぷらをのせて「冷してんぷらソーメン」というものを作って食べたことがあります。これは個人の差がでるようですが、ソーメンの純真さにてんぷらのくどさが正面からぶつかりあってなかなかスリリングなものになっていきます。

一番おいしかったのはまた「半田めん」にもどりますが半田めんを同じようにしてアナ

ゴの天ぷらで食べたときにはあまりのうまさに悶絶しました。

またいつか、と思うのですが、これは夏にはちょっと気合がいるのとアナゴの天ぷらの販売がはっきりきまっていない、という問題があります。

半田めんに話が戻ってきたので、もうひとつ最近の新作を。

めんはごく普通に茹でてザルにひろげておきます。やや慎重に水分を切ったほうがいいでしょう。

次に①ニンジン、ダイコン、セロリ、ピーマン、葉野菜などを細く細く切ったもの。②煮椎茸、キクラゲをやはり細く切ったもの。これらと半田めんをゆるやかに混ぜていきます。うどんサラダです。軽い油系のドレッシングをかけるとトレビアン化するでしょう。

これは邪道ながらウイスキー系の酒の肴《さかな》にいいんですよぉ。

ビスケットの朝食。ステーキの朝食

最近フと気がついたのだけれどこの二カ月ぐらい朝食に「ごはん」を食べていない。理由ははっきりしていて、この夏は過去に経験したことがないくらい暑い日々が続いていたことでしょうなあ。

ぼくは朝食ごはん党で、朝はあつあつのごはんに何の具でもいいからあつあつの味噌汁。鮭あるいはムツの粕漬けのどっちかがあればもう何もいらない。

あっ忘れてた。ここに焼き海苔のパリパリのやつがあればもう何も……あっそうそうほんの少しでいいからイカの塩辛もついでに頼みます。まあそのくらいあればいいか。ぼくはかなり質素だからね。

あっ、それとちょっとサッパリしたいときの箸休めにその隣の小皿にダイコンオロシとシラスがあればなおいいですなあ。うん。そこまできたら梅干しも一ケでいいからほしい。それとまあできればアブラアゲをサッと焼いたのを三ミリぐらいに細く切ったのがあればなおいいなあ。シラスの小皿にひょいとのせてもらったダイコンオロシでこれを食う。それとまあ醤油さしをだしたときにその隣に置いてあるゴマシオのフリカケをひょいととっておくれな。

まあこの程度でぼくはもう何もいらないから。あっ、でも忘れていた。タマゴヤキもないとあさめしのいろどりとしては地味だものなあ。それでさらに思いだした。同じ色のタクアンね。福神漬けもつけといてほしいんですよ。少しでいいから。まあこのぐらいで今朝はいいか。おれかなり質素だからね。

これホントの話ではないですからね。途中くらいまでの品揃えでいろいろ賑やかにしてもらったのでもう十分。

妻のほうは野菜と果物のサラダとパンとヨーグルト食だからぜんぜん違う分野のものを同時に作らねばならず、あるときこれじゃあ悪い、とマコト君は気がついたわけです。反省です。

歳をとる、というのは正直なもので十年前にくらべると食う力も量もガクッと減ってきたんですなあ。しかも食べるスピードが牛なみになってきた。反芻《はんすう》してるんです。

それで少し前から妻の食べている野菜サラダと果物。そしてパン。ヨーグルトではなく簡単スープのセットにしてもらった。今年あたりこれがコロナ炎熱の朝からさっぱりしていてなかなかいいんですなあ。

注文はもうひとつ。果物の種類をいっぱい。量もいっぱい。

あとで聞いたら果物は種類によっては手間がかなりかかるらしいですなあ。たしかに春頃までの柑橘《かんきつ》類は全部フクロをはがしてもらうから手間がかかる。ぼくはあのフクロむきがまるっきり下手だからただもう大変だなあ、などといって見ているだけでした。

ごはんの朝食ではなくなってから和食は世界の朝食のなかでもかなり上をいく手間のかかる朝めしセットだなあ、ということがこの歳になってやっとわかってきた。いままでは朝食の支度、ということについてあまり真剣に考えていなかったのです。はい。

アメリカに息子と娘が留学していたとき、よく遊びにいってアメリカ式の朝食を食べた。いちばんアキレタのがシリアル系だった。いろんな種類のものがあるけれど、基本は子供のおやつの鳥の餌みたいなのにミルクをぶっかけるだけではありませんか。一日で飽きたけれどぼくの初孫がこれを好きで、よくつきあってやった。孫がその次に好きなのはパンケーキで、これを父親（ぼくの息子）が焼くのを孫はそばでじっと見ていてパンケーキがブツブツいってふくらんでくるのを自分の顔をふくらませ真剣にブツブツパンケーキになっていくのがおかしくてよく写真を撮っていた。子供には楽しい朝食なのでしょうなあ。

勤め人の朝食は世界共通して「簡単」で「素早く」だ。まあそうだろうなあ。もっとも徹底しているのが韓国だった。前の日の残りのごはんをキムチのチャーハンにしてがっがっがと食ってしまう。ＯＬなんかもそうらしい。韓国の冬はモーレツに寒かったりするから朝の満員バスの中なんかはいろんなキムチの混ざった匂いでむせかえるようだったでしょうなあ。

インドの朝飯は昼や夜と同じチャパティにダールにカレーだけれど、これがけっこううまい。カレー慣れしちゃった体が求めている、というかんじでしたなあ。

イギリスの伝統的な朝食をフォークランドの民宿で取材仲間と毎朝食べた。寝室とは別のきれいに整頓された部屋の中央に真っ白なテーブルクロスがかけられた食卓にめいめいの皿が並べられている。その隣にカップやフォークやナイフがキチンと置かれている。いかにもイギリスの田舎の上品な「アンおばさん」とでも呼びたい老婦人がやがて紅茶を持ってきてくれる。

「熱いうちにめしあがりなさい」などと上品に言う。やがて大きな皿の上にのせられたビスケットとしか言い方を知らないものがテーブルの中央におかれ、小皿にはマーマレードとしか言い方をしらないものが少量ずつあらかじめわけて入れてある。

これから胡椒《こしょう》の利《き》いたハムとかちょっと火を通してあるソーセージみたいなものが出

てくるわけなんだな、となおもキチンと背筋を伸ばして待っていた。きっとアンおばさんという名の老婦人がそういうものを持って出てくるのだろうと思ってじっと待っていたがテーブルの上にそれ以上の変化はおきなかった。

結局、それがイギリスの伝統的な簡易朝食なのだろう、と我々はイギリス紳士のように解釈するしかなかった。

世界には本当にいろんな朝食がある。

ブラジルのパンタナールという世界一の草原をカウボーイと一緒に馬に乗って旅をしたときの朝食はところどころ生焼けの三キロぐらいある牛肉を一人一枚ずつだった。うまかったけれどハイエナじゃないからなあ。とても全部は食い切れなかった。

砂漠の食事

いやはや今年（二〇二〇年）の夏は暑くてまいりましたね。関東から本州の南まで大地も空中もでっかいフライパンで熱せられていたような気分でした。これは砂漠よりも暑かった。

ぼくはゴビ砂漠、タクラマカン砂漠の探検隊に加わりそれぞれ長いテントの旅をしたことがあるけれど、砂漠は寒暑の差が激しく夜などは風が吹いてくると寒いくらいの日があった。

しかし暑さよりもパウダー状になった砂が強敵で、これはいくらテントを密閉してもどこからともなく入ってくる。それが食物や水などに入ってくると悲惨だった。あまりにも細かい粒子なので食器に入ってくるといくら時間をかけても沈殿しない。つまり非常に細かい砂まじりの水ということになる。やがて渇きに負けてそのまま飲んでいたけれど、慣れるまで一週間ぐらいかかった。ずっと続けているとかなり多くの砂が体内に入ってしまうことになる。ニワトリみたいに体内に砂袋が必要ではないか、などと最初は心配したけれど便にまじってみんな出てしまうようだ。

流砂の砂漠よりももっと嫌なことを思いだしてしまった。オーストラリアの内陸部はアウトバックといってここも広大な砂漠だ。ただしナミブやサハラのようにとことんまで乾燥していないのでカンガルーやラクダがいっぱい棲息している。小さな木や草などもある。オーストラリアを縦に真ん中から切り裂くようにして約一カ月クルマで走り、毎日テントで寝た。

オーストラリアはかつてイギリスの植民地だった。そしてここは開放監獄だった。監獄といっても特別な牢獄などなく、どこで暮らしていてもよかった。でも強力エンジン付きのそこそこ大きなクルマがないかぎり逃げ出すことは不可能だった。罪人は殺人や盗賊などの極悪乱暴者が中心だったという。

なんにもないところに道路を作ったから三十キロぐらいまっすぐな道がいくつもあった。途中ガソリンスタンドなどないから、燃料を節約するためにクーラーなど使えなかったので空冷だったけれど、窓から入ってくるのはとんでもない熱風だけだった。

でも水を冷やす方法はあった。

小さな川や水たまりなどがあるとタオルをひたし、それで水の入ったカンをくるんで網にいれクルマの先端にくくりつけておく。五〜六時間それで走ると気化熱で濡れたタオルなどが蒸発するとき網のなかのカンを冷やしてくれるのだ。冷蔵庫などで冷やしたのと比べるとたいへんモノ足りないけれど、それでも休憩のときなどに飲むと、あきらかにあたりの空気よりも冷たく、おいしかった。

夜はテントを張ってのキャンプだ。

奥地に入っていくと気温は五十度をこした。途中アボリジニ（ネイティブ＝土着の人）がいると交渉して食料を買う。

沼の近くだとカイマン（小さなワニ）。そうでないと砂トカゲが手に入ればラッキーだった。たんぱく質は貴重だ。そういうものが手に入らないと持ってきている腸詰めの肉（まずい！）や大きくて固いビスケットで我慢するしかなかった。

カイマンや砂トカゲは尾までいれると一メートル以上ある。買うときはたいていいまだ生きているから扱い注意だ。ただし我々の場合は運転手の地元の人が料理までやってくれるからカイマンに噛みつかれる、ということはなかった。売買するときはちゃんと口は紐《ひも》で縛ってあったし、料理のときもその紐は縛ったままだった。

ワニの料理をどうやるのかそれまでわが人生で見たことがなかったのとヒマだったからずっと見物していた。

ワニ皮は硬いイメージがあるが生きているときは案外やわらかい、ということを知った。ブッシュナイフで背中を一文字に切り裂いてしまう。その形状からサカナのように三枚にオロスというわけにはいかないから背開きなのだ。読者もカイマンをもらったらおちついて解体は背開きですからね。いざというときのために覚えておきましょう。

ワニの肉は真っ白でなかなかおいしい。

ここまであえて書いてこなかったけれど、オーストラリアの内陸部は湿度のある砂漠で、実はいたるところハエだらけなのだ。その密度も冗談じゃない！　と叫びたくなるほど濃密で人間や動物がいると渦をまくようにして襲ってくる。

最初にたかられるのは目のまわり、口のまわり、鼻の穴のまわりだ。ハエたちも水分を求めているから人間の顔の少しでも湿っているところを集中して攻めてくるのだ。

世界の辺境地帯を旅していると濃密集団すぎてむこうが見えなくなるような蚊の大群にはあちこちで襲われてきたが、蚊よりもハエの大群は段違いに辛い。

解体しているカイマンの白い肉にどおーんと襲ってくる。ナイフを入れている周りなどナイフの刃先が見えなくなるくらいだ。

ハエに襲われているとさらに暑さをひどく感じ、めまいがしてくる。防備がおろそかになるとハエが鼻の穴の中まで入り込んでくるのだ。

むかしオーストラリアの内陸には大きな内海があると考えられていた頃、イギリス国家がバークとウィルズを隊長とする探検隊を派遣した。この探検行をアラン・ムーアヘッドというドキュメンタリー作家が『恐るべき空白』（早川書房）という本で書いている。これは強烈にぼくの全身に攻め込んできた本だが、それによると、探検隊一行の若者一人だけがネイティブに助けられたけれど残る全員は暑さで死んだ。熱死である。

ぼくたちは彼らの足跡を追う旅をしていたのだ。解体したカイマンの肉は焚き火の上で焼く。全体がまっくろになるくらいハエがたかっているが、火に炙《あぶ》られて次々に落ちていく。でも千載一遇《せんざいいちぐう》のチャンスとばかり、焼かれても肉にくらいつきつつ、やがてやっぱり焼かれて落ちていく根性のあるハエもいた。

カイマンの肉は固い鶏というかんじだ。むしろ砂トカゲのほうがササミに似てイケル。タレでもつけたらもう三〜四串だ。

フライパンに偏愛

フライパンを見るとうっとりし、それでもって中になにか肉とかタマゴをいれて火がとおってくると全身がワナワナし、平静ではいられなくなる。

こうしてはいられない、という気持になって思わず立ち上がってしまうが、それでなにかどうする、という方針もポリシーも何もないからしばし全身でフラフラし、また椅子に座って事態の変化に目をそそぐことになる。こういうのはなにかの病気だろうか。フライパン病とか。

ほかのステンレス鍋とか土鍋に対してはなんの関心もない。気持が荒れているときは、

「フン、鍋か、鍋のクセに煮えたりして」

というようないわれのないさげすみの視線をなげかけるだけだ。

「把手《とって》もないくせに」

差別と指摘されるような反応さえ抱くことがある。右翼だか左翼だかには秘密の反応だ。

発病したのは今から四十年ほど前。

ぼくはひとりパリのバンドーム広場とかオペラ座通りを歩いていた。マロニエの花が咲いていた。

まーた、かっこつけて、という読者がきっといるだろうけれど、本当の話だ。会社の仕事でひとりパリに滞在していた。一人だと困るのはひるめしだ。

朝食はホテルのあさめし会場でカフェオレとクロワッサン（飲み放題食べ放題。ただし毎朝それだけ）ですましてきたけれど、ぼくはまだ三十代。昼になるとちゃんと腹が減ってくる。今の日本のようにコンビニなんか皆無の時代だったから、ちゃんとしたレストランにはいらなければならない。

一流の店は夜だけの営業が多く昼はB級レストランしかやっていない。

「エーイ」と覚悟して何の専門店かわからない店に突進した。その身をもって感じていたのは日本の食堂の客思いのシステムだった。たとえ蝋《ろう》で作ってあるといっても出来上がりと寸分違わない完成品が通りの人によくわかるようにガラスケースの中に並べられてあるのが日本だ。フランス語のぐちゃぐちゃに書かれたメニューを見せられたっておいらにはなんにもわからないのがフランスなのだった。

最初の頃はついついメニューの一番上のほうに書かれているのを三品ぐらい注文した。

なにが出てくるかわからない。ウェイターが「ファンファンファンファン？」などとフランス語で質問してくる（質問すんな！）。

こっちは何を言われてもまったくわからないのだから何を聞かれても「ウイ、ウイ」（ハイ、ハイ）と昼間の安ワインに酔ったような回答しかできない。

当時は日本人の団体旅行の人などもまだあまり見なかったし、フランスのレストランに入ったときのやさしい手引きみたいな本も出ていなかった。だから仕方がないのだ。

やがて出てきたのはなにかの葉野菜サラダとなにかの丸い果物の実と、当時の日本食であてはまるものでいうと甘食《あましょく》みたいなものだった。以上おわり。

空腹は一向に癒されない。

そのときぼくの隣の席にいた上品そうな老婦人のテーブルにこぶりのフライパンの上でなにかグツグツ煮えているものがだされてきた。いかにもうまそうだったがフライパンの上でグツグツいっているものがなんなのかぼくにはわからない。

婦人はその前に注文していたパン（フランスパンですな）を少しちぎってフライパンの上を覆っている煮汁に少しひたしては上品に食べている。

「ああ、あれが食いたい。あれが食いたい」子供だったら指でそのフライパンを指さし足をバタバタさせてそっくりかえるところだ。ぼくはしかし全身を覆う悲しみと悔《くや》しみを抑えながらその店を出た。出るとき気がついたのだがその「フライパンごと料理」はその店の人気メニューらしく、入ってきたときには気がつかなかったが壁一面に大小のそのいかにも個性的なフライパンがぶらさがっていたのだった。

それからの旅で、ぼくはこれは、というレストランに入るとフライパン料理を売り物にしている店でフライパンそのものをお土産に買って帰るようになった。

パリではやがて慣れてくるとオムレツづくりにちょうどいいフライパンを見つけた。小さいがズシリと重い。ドイツではいかにも一人用という、なにごとも無骨なドイツにはめずらしい上品なフライパンをみつけ、やれうれしやと買った。みんな妻へのおみやげだった。

その頃から外国の旅のお土産は人形だの額などは日本に持ってかえっても十日で飽きる、という教訓を数々の失敗のもとに得ていた。たとえばロシアにいくとみんな競ってマトリョーシカを買っている。太ったロシアおばさん人形のなかからどんどん小さなおばさんが出てくるというやつ。だからそれがどうしたんだあ、と言いたくなる奴。イコンも高いだけで日本の家や居間にはあわない。

ぼくは厳寒期（マイナス四十度ぐらいになる）のシベリアを二カ月ほどさすらったが帰国直前によくのぞいていた金物屋にいっていままで見たことのないでっかいフライパンを

買った。黄土色のアルミ製で直径四十五センチ。把手の部分は八十センチある。帰国するときロシアと日本で梱包の中身を聞かれた。

家に持って帰ると妻は仰天するよりも呆《あき》れた顔をしていた。

「これは何をつくるフライパン?」

「早口のロシア語で何を言っているのかわからなかった。もっとも遅口で言われてもわからなかったけれど」

後にいろいろしらべたらイチゴジャムをつくるフライパンであった。

「こんな大きなフライパンで煮るイチゴは大層な量になるでしょうね」

わが国では煮るほど大量のイチゴが手に入ることはなく、そいつはやがて不用品回収の小型トラックにのせられどこかへ旅だってしまった。

青春貧困大御馳走

学生時代、四人で安アパートの共同生活をしていた。自炊生活で、いかに安くうまいものを大量に作るか、というのがその頃の毎日の最大テーマだった。

なじみの店がけっこうあって、業種によって閉店まぎわがねらいどき。ぼくたちのアパートがあったところは江戸川区の小岩《こいわ》で葛飾区との区境を挟んで向かい側はその後有名になるフーテンの寅さんのいたとされる柴又だからぼくたちの町も下町人情に溢れた気持のいい人が多かった。

売れ残った天ぷらとかコロッケなんかあるとぼくたちは心の中でガッツポーズをとった。残っているのは明日には売り物にならないから非常に安く売ってくれる。コロッケが五〜六ケしか残ってないときなどはタダでみんなくれた。

魚屋さんも狙いどころだった。中途半端に売れ残ったイワシやイカなんか「持ってけぇ」などと言ってこれもタダでくれた。

それらはぼくたちのその日の夕食のゴーカなオカズになった。

みんな醤油で煮ればそれでなんとかなった。コロッケはタマネギをザクザク切って最初に煮てそれからコロッケだ。醤油の量のかげんがむずかしかった。手持ちのタマゴがあるときは全体が煮えてくるとそれを溶いてまんべんなくかける。このときに部屋に緊張感がはしる。

このコロッケ煮の宴《うたげ》はぼくたちの部屋のスーパーゴールデンスペシャル大ディナーだった。

正確に四等分にしたコロッケ煮は各自好きなようにして食ってよかった。

ぼくはドンブリごはんの上に乗せて正統的「コロッケ丼」にして食った。鍋をかこんでみんな明るい笑顔になってわしわし食った。いまでもこのときのしあわせの味を思いだし妻に作ってもらうことがある。

せんだってはカキフライを売っていた、というのでコロッケとカキフライ混合煮という学生時代には及びもつかなかった「貴族のような高級鍋」になり「ああぼくもついにこのようなハイソなコロッケ煮を食べられるようになったのか」と感激し、当時の仲間に電話したくなった。

でも一人は外国に行っていて、一人はゴルフだという。一人は携帯電話で通じるらしいが弁護士をしているので法廷で仕事中ではまずいと理性をはたらかせ、結局誰にもこのヨロコビを伝えることはできなかった。

アパートでのイワシ煮は何度かやっているうちに醬油だけではすぐ焦げついてしまい水で薄めるとちょうどいい味がわからなくなってけっこう出来上がりのタイミングが難しかった。

煮る前に腹を裂いてワタをだす必要もあり、その生ゴミ処理も難しかった。イカもハラワタを出してから煮る。そうして醬油の量、火のかげんもむずかしく苦労したけれど、成功するとこれも絶品だった。やっぱり「イカ丼」がうまかった。煮汁を適量かけるのがコツとわかった。

我々の食生活には野菜が足りない、とある日一人がいいだし「つまみ菜」を安く売っていたというので大量に買ってきた。それを洗剤で洗った奴がいたのでそのあといくらすすいでも泡がとれなくなって困った。何度水をとおしても駄目なので体の中も洗ってくれるだろうと味噌汁の具にして全部食べてしまったがどうもあちこち薬品臭い味噌汁だった。

あるとき長いこと空き部屋だった隣の部屋にどうやら夫婦ものが入ってきた。

そのアパートは西北にむいていてぼくたちの部屋はまさしく西北。西側の廊下をへだてたところにポットン便所があり、隣の二階だてのアパートが二十センチぐらいの間隔で迫ってきているので太陽の光は絶対あたらなかった。でも学生というのは気楽なもので真っ暗な部屋だとよく眠れていいよな、などと文句はなかった。あまりのひどい条件に誰も入居しないようで家賃も、当時タタミ一畳一〇〇〇円が相場だったが六畳四〇〇〇円で借りていた。

新入居のあったそのひとつ奥の部屋は穴蔵《あなぐら》の奥、という状態でずっと空き部屋だったが、なんとそこに新入居者があったのだ。

無職らしく夫婦は昼夜部屋にいる。アパートの古参から生活保護をうけている、と聞いた。そのわりには旦那《だんな》がえらい酒飲みで一日中酔っぱらっている。喋り方が変わっていて同じ言葉を繰り返す。

「お前お前お前、酒だよ酒だよ、飲む飲む早く早く」二重語法とでもいうのだろうか。夜がふけてくると「布団布団布団しこうしこう片づけて早く早く」司法試験の勉強のために昼夜部屋にいる弁護士になった友人が最初にこの二重語法がうつってしまって「そろそろみんな風呂屋風呂屋だ。行こう行こう行こう。今日はアジフライ煮でどうだ」

「いいね、いいねアジフライアジフライ大好き大好き」

こういうのは伝染するからあらゆる会話が二重語法になる。「おれ今日は押し入れ押し入れに寝る。布団布団布団布団」

あるとき窓から首をだし隣りの酒飲み夫婦の窓の下を見たらびっくりした。その夫婦はカラになったビール瓶を窓からすぐ下に捨てていてそれが山になっている。

その当時、我々にとってビールは高級品で手がでず、飲むときは安い合成酒（知らないでしょう。コメやコウジなどいっさい使わず理科の実験を思わせるケミカル合成酒）だったから放置されたビン・ビールの山はタカラの山で、「なんと贅沢な！」と驚いたのだ。

そこで我々は平蜘蛛《ひらぐも》と化してその二〇センチの隙間からリレー式にビールの空きビンをそっくり回収した。当時はカラのビール瓶を酒屋さんに持っていくと一本五円でひきとってくれた。ずいぶんあったからそのお金で焼酎の四合瓶を買った。

「おれたちおれたち頭が頭がいい。清掃もしてるし」

帰りがけみんなで二重語法の明るい会話になった。

でも一人が言った。「でも、おれたちおれたち生活保護者のシタマエにあずかっているんだぞ」

「シタマエ、シタマエ」みんなで念仏のように声をそろえて言った。

チベットとモンゴルのお正月

チベットとモンゴルを混同しているヒトがあんがい多いのでどちらもよく行っている者としてはなんだかくやしいから新年にあたってひとこと申し上げます。

どちらも日本の四倍の面積。チベットはかつて日本の六倍あったけれど政治的、戦略的に中国に奪われてしまった。

モンゴルは平均高度二千メートルの草原台地の国。チベットはおおよそ五千メートルの山岳風土。太陽にそれだけ近いので日差しが強く雪はあまり降らない太陽の国なんですよ。夏の午後に外に出ると暑いくらい。

だから冬も一般的には家の暖房はなしです。木材や石炭などが少ないので燃料節約。竈《かまど》の燃料のために都市部の家は石塀の上に小枝を束ねた燃料をずらりと並べているのが普通の風景。寒いときは家のなかでもオーバーなど着たままで暮らしています。

その点モンゴルも森林は少ないので暖房の燃料は牛などの糞《ふん》を乾燥させたものを使って

います。これがけっこうやわらかい暖かさで二酸化炭素など排出しないから時代にあっているんですなあ。さらに遊牧民は冬をむかえる前にゲル（パオともいう。饅頭《まんじゅう》のような形をしたやつ。移動式組み立て家屋）の下に羊の糞を敷きつめその上にシートを敷きます。糞が発酵して微熱を放散するのを利用するのです。一年中暖かい天然ホットカーペット。

この両方のお正月を体験したので時節がらその様子を書いておきましょう。家族とよほど親しくならないとめったにみられないことなのでだいぶ珍しい話なんですよ。

チベットでは大晦日に家族が手分けして小さな藁《わら》の束に火をつけ「トンシャマー」と叫びながら家の隅や暗いところを煤《すす》払いのように照射して家の出入り口のほうに悪霊《あくりょう》を追い払う儀式をします。家の隅や暗いところに悪霊が潜んでいると考えられていて、日本の煤払いと考えは同じです。各家で同じことをやり家の外に追い出した悪霊がまた戻ってきてはいけないので辻々に追い出した悪霊を溜《た》めておくところがあり、これは家庭ゴミを決められた場所に捨てる日本の光景とよく似ています。その悪霊を溜めたところにバクチクを放ち、そこから出られないようにします。

だから大晦日の住宅地はいたるところでバクチクのはじける音がして非常ににぎやかです。

大晦日には日本でいう年越しそばのようなものをみんなでたべます。それから小麦粉団子（トゥクパ）をつくり肉汁で食べます。団子のなかにしかけがしてあって中に小さな炭のカケラや糸くず、木片のカケラ、コメツブなどが入れてあってそれぞれに意味があり、それがあたった人の来年の運勢になります。

まあおだやかな家庭的なオミクジ。

いい運勢は（おいしいものがたべられる）とか（毎日いい夢がみられる）なんていう程度のかわいいもの。悪い運勢もそんな程度だけれど、誰になにが入っているかで大騒ぎ。いたって平和で無邪気なものでした。

モンゴルの新年は遊牧民のゲルで祝われます。大きなゲルは直径五メートルほどあり、ここに一族があつまります。入り口からむかって正面が一番いい席なので、そこに一族の長老夫妻がすわります。真ん中に牛の糞ストーブがあって三十人ぐらいの一族が集まるのでゲルの中はプラスの温度になっています。外は薄く積もった雪がひろがっていることが多く、マイナス二十度ぐらいになります。家畜たちは近くの家畜用につくられた小屋に入っていて体をよせあっています。

ゲルのなかでの新年の儀式は長老に代わって一族のリーダーである壮年の長男などが、

ほんの少しの酒（チャンという蒸留酒）を前に新年を迎えた喜びとともに昨年生まれた家畜の数をみんなに報告し、チャンに指をちょっといれて大地と空にそれをはじき飛ばして感謝します。

「よーそそそそそそ」

と言うと、みんなも唱和して第一の儀式は無事終了。一族の誰かがなにか言うこともあるがたいてい今年はいい年になるように、と力をこめて言うことが多いようです。

それから日本のように「お年玉」の儀があり「おお、こういうところも似ているなんて」と驚いたものです。

でも日本と根本的に違うのは一族の一番小さな子（まだあるけない赤ちゃんは親に抱かれて）がまず最初に長老夫婦に順番に「お年玉」を持っていき、だんだん年齢が上になっていきます。つまり日本とはアベコベ。

それを見ていてこの一族の祖であるおじいちゃんおばあちゃんにそうするのが本来だったのだなあ、とぼくはつくづく感心しました。日本だと老人が一歳ぐらいの子に一万円ぐらい入ったお年玉をあげたりしているけれど小さな子は別に嬉しくないでしょう。

それがすむと新年の食事になります。

モンゴルではなにかあつまりがあると「ホーショウーロウ」というものをよくつくりま

す。

肉を小麦粉でくるんで五〜十センチぐらいの平らな小判型をしたもっともポピュラーな万能食で、ぼくなど二枚も食べるともうお腹いっぱいになります。

希望者にはさっき書いたチャンという酒がだされます。でも一番美味しいのは六月頃に初めてお産した馬の乳を発酵させた「馬乳酒《ばにゅうしゅ》」を蒸留した「シミンアルヒ」という酒で三十度ぐらいあってとてもおいしい。その合間にも羊をまるごと茹でた「シュース」や山羊をまるごと蒸した「ボートク」などが出てきてみんなでその骨つき肉にむしゃぶりつく、というわけです。これが圧倒的にうまい。

むかし銀座はわがひるめしの庭だった

十年ほどサラリーマンをしていた。雑誌の編集という仕事で会社は銀座八丁目の細長いビルの八階にあった。

超零細企業だったけれどオフィスは銀座通りに面していて資生堂パーラーの斜め向かいにあり、そのあたりにはなかなか上品な風が流れているようだった。

唯一そういうきよらかな気配を乱しているのがぼくの勤めていた会社だった。社員は男ばかり二十人ぐらい。みんなどこかぶっこわれ気味の個性派揃いでそれ故毎日楽しかった。

どう個性的かというとフンドシをしているのを常に誇っている鹿児島出身の古参社員が後輩社員のはいているパンツの種類を常に聞いて独自になにかの調査をしていることがひとつ。

その人に言わせるとブリーフ形のパンツをはいている人は仕事ができないという。よくある股ありパンツはもっとできないという。そう断定されるとブリーフ形のパンツの営業部長は「自分のはいている最強のパンツの色はアリューシャンブルーと決めていて大事な日にはそれをはいていく勝負パンツだ。それをはいていけばまず間違いない」とえばっていた。なんの勝負なのか最後までわからなかったが双方本気で話していたから怖い。

このほかありふれたギャンブル狂、アル中、女のヒモ、学生運動崩れ、バーの灰皿コレクター、文学セーネン崩れ、議論命、などなどややこしいのも含めてみんなどこか壊れているようなところがあり退屈しなかった。

その頃のことを思い出しているうちに、その頃会社のまわりには高くてそうしょっちゅう行けないけれど、今でも有名な店がいっぱいあり、今書いたどこかヘンな先輩がいきなり連れていってくれたりした。みんなそれぞれ違う店だったからそれで知った有名店が十店ぐらいできた。

わが会社の入っているビルの三つ先に「天國」があった。その店の前にバス停があり「天國前」と書いてある。てんごくまえ、じゃなくて「てんくに前」と読む。

高級天ぷら屋だが半年にいっぺんほど安売りサービスのときがあってそういう時だけ先輩が連れていってくれたのだ。蓋《ふた》つきの天丼を生まれてはじめて食った。エビのシッポがドンブリから空中に飛び出している。拝むようにして蓋をあけた。

そこから七丁目のほうに少しいくと店の名は忘れたが長崎の料理をだしてくれる有名店

があり、売り物は巨大な茶碗蒸しだった。「皿うどん」という長崎名物をはじめて食べた。しかしどこが「うどん」なのかアリューシャンブルーのパンツと同じぐらい謎だった。

さらに少し歩道を行くと「維新號」という中華系の高級店があり「ワンタン」が有名だった。ワンタンというより肉ダンゴに近い。ゴチソーになったあと年に一回ぐらい思いきって自力で食べにいった。

銀座四丁目界隈はどこもさらに高級店ぽいのでどこも入れる店はないが一軒だけ蔦のからまる店にしては大衆店ぽいメニューの「みかわや」という洋食屋があり店主らしきおっさんがいつも外に出て客の呼び込みをしていた。カキフライ定食。トンカツランチ。カレーライス。

そのあたりをぶらぶらしているうちにいつしか顔なじみになり、ある日磁力にひきずられるようにひょろひょろと店の中に入ってしまった。「クリームコロッケ」がおいしい、と磁力でひっぱりこんだそのおっさんに言われた。

アメリカ映画みたいな可愛いエプロンをつけたおばさんウェイトレスが注文のクリームコロッケを持ってきた。

綺麗な食器。揚げたてのコロッケ。

はじめて食べるものだった。

ナイフをいれ、フォークで口に運ぶ。

「ン？」

なんだこれは。まだ全部揚げきれていないぞ！　内側は生じゃないのか。ちょうどさっきのおっさんがやってきたので、

「これ、まだ半分ナマですよ」などと言ってしまった。会社の誰か変わった奴といっしょだったらこの無知も違うようにカバーできたかもしれないけれどそのときは心がクリームコロッケのようにグジャグジャになった。

一丁目に「レナウンミラノ」というイタリアンレストランがあり、ここは値段のわりにスパゲティがどれも山盛りなのでぼくたちの味方だった。

ぼくはここで「ボンゴレビアンコ」の大盛りを食べるのが人生のシアワセだった。普通盛りでもいっぱいなのに大盛りを頼むと食べても食べても底のほうからまだまだスパゲティが湧きだしてくる。食べても食べてもずんずん増える。犬はよろこびそこらを走りネコはこたつで丸くなっていたのだった。

やはり一丁目に「つばめグリル」という非常に貫禄《かんろく》のあるドイツレストランがあり、ここでは「ハンブルグステーキ」か「ロールキャベツ」超空腹のときは「アイスバイン」が迫力をもってあらわれた。

この店によくかよっていたのはもうずっと前にサラリーマンをやめてモノカキ業となり、力あまって「ホネフィルム」という映画プロダクションを作ってしまい、そのオフィスが銀座一丁目にあった。映画づくりをするチームは二十人ぐらいいたがぼくはその頃十年間ぐらいそのプロダクションの社長をやっていたのだった。映画づくりをする人々はよく飲み、よく食う。だからこの店にはしょっちゅう行っていた。

銀座から京橋のほうにいくと「たいめいけん」があってここではよく「オムライスとラーメン」を頼んだ。たいめいけんは気取っていなくて一品料理に常に全力を注いでいるようなところがあった。

オムライスはお子様のメニューかと思っていたら「たいめいけん」では大人がじっくり賞味するたいへん奥の深い食べ物なのだな、ということを知った。

中国人であふれかえるようになってから銀座にはまったく行かなくなってしまったけれど、皮肉にもさいきんコロナによってむかしの銀座に戻りつつある、というから今年からあらためて散策しようと思っているが、すでに「レナウンミラノ」も「つばめグリル」も銀座一丁目から消えてしまったらしい。

色っぽいイカさん。流れ者のタコさん。

東京湾にもイカやタコはいっぱいいます。ぼくなんかでもそれぞれの仕掛け（釣り道具）を持って釣り船で沖にいけばイカでもタコでも釣れてしまう。ヤリイカや剣先イカなどは針にかかると「あれえええー」などいいながら十本の足であわてて下半身をかくしながらさして抵抗するすべもなくなめらかに海からあがってきます。

船の上に横たわらせると全身タランとしてその透けるような白い裸身を横たえ「もうだめ、かんにんして」とうつむいてしまうのです。イカがうつむくってどういう姿勢かというとそりかえるのと逆ですね。

そりかえってあばれようとするのは下品なスルメイカで、これは釣りあげるときも口で餌をくわえているから十本の足をぜんぶオールバックにしてくるので実にあられもない。

みなさんイカのところで学習しましたね。イカもタコもパンツなんかはいていないから全部丸出しになっちゃって見ていられない。誰か公衆マナーをおしえてあげないといけないのです。しかも海面から出るとまくれあがったその真ん中の穴から「ぶわーっ」と墨をはく。たちまちそこらはたいへんなことになっちゃって最後はもう交番にひきずっていくしかありません。

タコ釣りはイカの方法とはぜんぜんちがっていて「釣る」というよりも「乗せる」というほうがふさわしい。タコ釣用語をつかうとややこしくなるので状態で説明していくと釣り師はそこにいるタコに餌の生き物をチラリとみせ「ちょっとどうかね」なんていうとタコは首をひねり考えます。

「あれはなんだろうなあ?」と考えるわけです。タコの餌を台にのっけてするする海底を動いているから海底でタコが首をひねり「これはなんだろう?」とさらに首をかしげるわけです。ここで「タコのクビはどこにあるのですか?」と賢い少年は聞いてきます。

タコは海の中に自然体でいるときは岩の下で、泳ぐときは近所づきあいしてどこへむかうともはっきりした方針もなく海のなかの仲間とまあそこそこのつきあいをしています。

そういう平和な海底空間にタコ釣りの仕掛けをほどこした悪いおじさんが餌をのせた板をずりずりと横移動させていくのがタコにはたいへん気になるのです。

タコは頭のいい生き物なのでその小さな板の上に乗っているモノがなんだか旨そうに見えたとき、ちょっと足の一本などその上にかけてみます。「ちょっとだけよ」

でもその下にはタコの足をもっと強くひっかけてしまおうとする、するどい釣りの仕掛けがついていて純真なタコは「あれ、おもしろいなあ」なんて言って（るようにみえる）もっと体重をかけたりしてしまう。タコはヒマで遊んでいたんですね。

いっぽう海面にただよう釣船に乗っている悪いおじさんたちは、タコが乗って自分の仕掛けが急にむわーんと重くなるのですからこの変化はのがさない。これを（タコが）「乗った」といいます。

あとは引っ張る力が加わってタコに釣り針が深く刺さってタコは水中エレベーターそのものに乗って海面にまで引き上げられてしまう、ということになります。

船のうえに引き上げられてしまったタコは「あっしまった。大変だ。王様にお知らせしなくっちゃ」と気がつき、すぐに逃げようとします。このへん、イカさんと違うところでタコは魔法の力をいろいろ持っています。そのうちのひとつは瞬間的に体の色や模様を、自分の置かれた環境と同じに変えてしまうオートクチュール変身法です。でもタコの浅知恵といって海底ならあたりの色にまぎれてしまうけれど、船を真似るのは慣れていない、というか船に変身してもどうにもならない。

そのうち、釣人によってクーラーボックスのような箱にとじこめられてしまう。しかし人間も沢山釣れだしたら焦っているから二〜三センチの隙間をあけたまま次の獲物にとりかかってしまう。それだけの隙間があればタコは全身を薄べったらにしてそこから数分で抜けでてしまうのです。船には甲板にはねあがってきた海水を自然に外に流してしまうためにいっぱい隙間があいている。

イカは「あれえ、ごむたいな」などと言っているだけですがタコのほうの能力はそうとう上なのです。

イカもタコも目はすごくいいのですが、とくにタコの目は人間と同じくらいの能力、とよく言われています。つまりまだ生きているタコと向き合うと向こうもこっちを同じぐらいの大きさと角度で見ているというわけです。じっさいにやってみると「おいおめえ相模湾から外海《そとうみ》に出たことないってか」「もっと遠くのタコを釣りたいけどなあ。休みもとれなきゃ金もない」「そうかそうか」などとなんだか互いの人生を話しあいたくなってしまいます。

タコの異質なところは八本足の一本の先端が小さなヘラのようになっていて、ゆきずりの雌と意気投合してにわかに交尾をする、なんていうことになるとタコは自分の体のポケットに精莢《せいきょう》（精子のカプセル）というものをしまってあり、それをひっぱりだして雌のほうのポケットに入れ、二人でほかの足（いっぱいあるもんなあ）をいろいろにからませちゃったりしてだまって赤くなってじっとしているそうです。ややや、これらの話を書いていたら今回食べ物の話がなかなか出てこなかったじゃないですか。

今回は重さ五キロの大タコがとれました。

タコは最初によく塩で揉んでぬめりをとり、大鍋にそのまま真上から入れて茹でると、二十分ぐらいでよくマンガにある「タコ八っちゃん」そのものの座り姿で茹であがります。あまり煮詰めないうちに足などそのまま薄く切ってタコの刺し身にするとうまいですよおう。その薄切りを出汁《だし》（醤油味）に煮てまぜごはんにすると簡単に「タコめし」ができあがります。これがうまいのなんの。五キロのタコというと一本の足食うの三十分ぐらいかかりましたよ。では問題。八本食うのにどのくらい時間がかかりましたかあ？

へいーお待ち、わしらの握り寿司

三十人ほどの男たちと「わしらは怪しい雑魚釣り隊」という釣り好きのあやしい親父集団を作っていろんな魚釣りにでかけ、その行状記を週刊誌に毎月五ページも書いている。

もう十五年ぐらいになるだろうか。最初はぼくをはじめみんなズブの素人だったけれどながいこと漁船に乗ってハチマキをして沖に出ていろんな経験や失敗をくりかえしているうちにできる奴は近海を回遊している一・五メートルぐらいのメバチマグロなんかしとめてしまうようになった。ホンマグロよりもアブラが少なくうまいんですよう。

そういうのが釣れたときは「わしらもやるときはやるけんのお」と鼻の穴を五〇〇円玉ぐらいにふくらませている。

マグロを釣ったやつは横綱だ。

「たった一人のおふくろさんに楽な暮らしをさせたくてー」。横綱はそんな演歌の鼻歌だ。

でもそれらの獲物はその夜のうちに合宿場でよってたかってみんな食ってしまうんじゃ

けんのう。どうも成果のあがった釣りのときはどのへんの土地だかわからないけれどみんな喋り方がかわる。

冬場の寒さの厳しいときは特攻隊をだして牙波《きばなみ》をどどんと切り裂いていくがそのときも津軽あたりの海の男の演歌を頭のなかに回流させていく。自己陶酔だ。

大物がみあたらないときはカツオとかアジなんかを釣ってくる。つい三月にはアジを七十四釣ってきた。いや、ぼくがじゃなくて仲間がね。一番釣ったのは関脇クラスだ。我々も実力がすべてだからこの三十人の集団、相撲部屋に似ている。

夜は獲物を自分らで捌《さば》きそれを肴に宴会だ。今は海の近くにけっこう空き家があって一棟建てのが安く借りられる。隙間風がぴゅうぴゅう。でもこのコロナ禍にはそういう隙間風が大事だ。

三月の参加者は一五人だったのでアジはすぐに三枚にオロシ、揚げてしまった。新鮮なアジのあげたてはやわらかくてうまいですよお。

ごはんを炊いてドンブリめしにアジをのっけてショウガと大葉とワケギをばらまいて好みでソースかタルタルソースをその上にかけて食うとみんなとたんに無口になり、ワシワシガジガジウグウグという音だけになってしまう。いやはや新鮮な揚げたてアジ丼の一斉食いは夜のジャングルに似ているかもしれないですなあ。

その日は釣りに出ない仲間がもしやのためにいろんな酒の肴をもちよってきた。「チリメンジャコのオリーブ揚げ」「アメ横から買ってきた蛸の酢づけ」「四万十川《しまんとがわ》の鮎の干物」「その日釣ったアオリイカのユッケ」

アジ丼を全部食ってしまうとこれらの逸品に手がまわらなくなるからイキのいいアジを十枚ぐらい残しておいた。

おお、業師《わざし》がいた

相撲部屋のように腹があるていどいっぱいになりでっぱってくるとようやく会話というものがはじまる。その日ぼくはまだ寒い海には出ずに合宿所でコタツに入り、さまよいこんできたノラネコのヒゲを抜いていたのだった。

ぼくはこのガラクタ集団の隊長ということになっているが相撲部屋でいうと現役をしりぞいた親方―いや「年寄り」というやつかなあ。むかしはいろんなところで靴下やクラゲやウミヘビなんかを釣っていたが、あるとき久米島《くめじま》で偶然でっかいマグロを釣ったのでその年に横綱になったけれどすぐに足腰がおとろえて、いまは引退して静かにしている。

酒の肴はいっぱいあるのでまだみんないろんなサケを飲んでワアワア騒いでいる。

夜中の十一時頃、童夢《どうむ》という下っぱ（相撲でいうと序二段クラス）が大きなまな板になにやら製作物をのせておっかなびっくり出てきた。

ぼくの前にそれを持ってきて「隊長これをちょっとだけでいいから食って下さい」というのだ。みると握り寿司に似ている。はてこんな時間に出前をやってくれるのだろうか、と不思議に思い聞いてみると「一応これ、寿司です。握り寿司です」と序二段は答えた。

「これ、どうしたの？」

「あの、えと握りました。ぼくが握りました」

思いがけない返事がかえってきた。目の前にあるのは寿司屋で出てくるのと同じリッパなアジの握り寿司である。

ひとつちょうだいした。

ひゃあうまい！　うまいのだ！

ちゃんと飾り包丁がいれてあり、ショウガやワケギや大葉の細かく切ったものが乗せてある。一個目は夢思考で食ってしまったが、これは寿司屋で食うのとまったくヒケをとらない立派なアジの握り寿司なのであった。

彼の話をきいた。沢山獲物をもちかえる。あるとき見様見まねで握り寿司を作った。すると「こんな回転していないのは寿司じゃない」という子供らのつれない返事。時代は変則的にねじまがり、いまは子供たちにとって寿司は回転していないと寿司の資格がないそうだ。

序二段はそれから回転していない町の寿司屋の片隅に居すわってタコとかイカなどの安いやつをたのみじっと職人の技を見ていたそうだ。シャリは片手で握る。それを巧みに舞いおどらせながら無理なく握っていく。シャリはネタにもよるが二十グラムでは多すぎで十五グラム前後がいいとわかってきた。

ある程度のリズムをつけて同じくらいの大きさにしていく。この段階が難しそうだが、基本は練習と慣れだそうだ。かたちがととのってきたら具を乗せて薬味をそえる。これはひと口で食える。

アジフライ丼をあんなに食わなければよかった、と反省しながらあっぱれあっぱれと余はセンスをふりまわしていたわけじゃけんのう。

海亀対ダチョウのタタカイ

タマゴと聞いて蒼白になりドデンと倒れて一週間ほど寝込んでしまうヒトは少ないような気がしますね。

その逆に「うわあ！　タマゴですか。タゴマじゃなくてマゴタでもないんですよね。いいなあバンザーイ」などと激しく喜び三百メートルほど勝利の疾走をしてしまうヒトも少ないような気がします。いると面白いけどねえ。

よい子はみんなタマゴヤキが好きです。酔っぱらいの悪いおじさん（ぼくのことですが）もタマゴヤキが好きで仲間らとのキャンプのときなどあさめしにタマゴヤキがないと激しく怒ります。ぼくは「あやしい探検隊」という三十人ほどのバカモン親父集団の大バカ取り締まり隊長をしているのでこのへん厳しく炊事当番を叱り、修行を積ませて、もう何人も立派なタマゴヤキ職人を育てています。

タマゴは茹でてよし、煮てよし、炒めてよし、焼いてよし、適量の醤油をタラして炊きたてのごはんをよそったところにぶっかけて素早くかきまわしてもよし、風邪のひきはじめにもよし、わるいことをした奴の顔にぶつけてもよしという万能のヒトです。

「いや、ヒトではなく、あれはやっぱりタマゴです」という怪しいヒトが戸棚の端からいきなり出てきてそう言ったりするけれどそれもよし。

少年が最初にやる料理はタマゴヤキです。

なかなかすぐには上手にできないけれど三〜四回やってみるとけっこううまく焼けるようになっていきます。

わかりやすい人生の成長体験として記念写真に撮っておくとよいです。注意すべきはただひとつ。台所でこの決死の挑戦をしているところをお母さんにみつからないようにすることです。お母さんはたいてい「何やってんのあんた」と言って成長の邪魔をしてくるからです。

理由を聞くと、台所がベトベトになる。ガスを使ってると火事の原因になる。といって少年の向学心に介入してくる。少年はやがて大人になってフランスにわたり、天才的国際的料理人になって帰国するかもしれないのに母親の狭い了見《りようけん》がそこで早くも才能をむしりとってしまうのです。

バカ親父ら十数人とキャンプに行ったときある出版社が直径七十センチ、柄の長さまでいれると一・二メートルぐらい。重さ五キロはあるデカフライパンを持ってきたのでフライパンのまわりに生タマゴをふたつずつ持った十二人で取り囲み鉄板部分がアチアチになったところでいっせいに割り入れる。

「スペシャル目玉焼き＝二十四の瞳」

というのを作ったことがあります。

十二人全員がタイミングよく一斉にナマタマゴを割り入れる、というのはなかなか難しく、焚き火も全面均等に熱くなっていないといけない、きっぱり二十四の瞳にするのはたいへんで「これはある程度の練習が必要だ」ということがわかったけれど、そんなに沢山タマゴを買うのも無駄だし、第一そんなにいちどきにタマゴばっかり食えない、という結論になり、ギネスブックに載りそこねました。

むかしオーストラリアのヘイマン島の海岸でまんまるいピンポン玉をひとまわり小さくしたようなタマゴがちらばっているのを発見したことがあります。集めてみると十五個ぐらいあったので翌朝ユデタマゴにして食ってしまったら海浜見回り隊のような人がやってきてオージーイングリッシュで怒られました。ぼくたちがその朝食べたのは海亀《うみがめ》のタマゴだったのです。その週あたりから海亀が産卵のために海岸にあがってくるそうでそれを知らなかったのです。

海亀のタマゴの殻を砂のなかにうめておけば怒られなかったのにと反省しないやはりバカ親父だったのです。

海亀の産卵するところを見てもいい、と聞いたのでその日の夜みんなで見学しました。海からゆっくりゆっくりヒレをつかって砂の海岸にあがってきてやはりヒレで穴を掘り、一時間ぐらいかけて三百個ぐらいボトボト産んでいく。

それはもう大変な努力と忍耐力ということがよくわかり、前日発見した地表に散らばっていたタマゴはウミネコなどが掘り返したものだということも知りました。ウミネコは茹でタマゴの作り方を知らなかったのです。

ところでハナシ変わるけれど我々おとっつぁん集団でよく話題になるのは「痛風《つうふう》」です。みんな酒飲みなのでメンバー二十人ほどのうち五、六人が常に痛風を発症し、症状が重いのは傾きながら歩いています。痛風は最初は足先に痛みが出て、じわじわ体の上のほうにあがってくる。ものすごく痛いんですよお。これ、どんな理由があるのかわからないけれど女性にはきわめて少なく、親父に多発する不公平なやつです。ビールなどはプリン体の濃厚ジュースで、見渡すと痛風もちはみんなビールがぶ飲み派でした。プリン体の多い食べ物は干物、アンキモ、かつおぶし、魚卵系などが危険です。これらは酒飲み親父にとって究極のテキです。酒、ビールにいちばん合う肴ばかりが勢ぞろいしているのだから残酷じゃあないですか。

プリン体は生命の基本になる細胞の核に一ケ入っています。ひとつの卵にひとつ、という割合で細胞単位で考えるとカズノコやスジコなどはプリン体の濃密なカタマリです。

そういう痛風もちから見た危険食物の一覧表があります。ぼくも痛風もちだから好きなものを好きなように食べられないそういう一覧表は悪魔のいじわる一覧表というふうに見えます。

どこかの国でダチョウの卵を売っているのを見ました。あれ大きいですねえ。三十センチはあるフットボール形をしています。これをじっと見ていたらこのでっかい卵もプリン体は一ケなのだ、ということに気がついた。

おお。ついに味方があらわれたか。

一ケ買って（安かった）その日のキャンプで食べることにしました。二十人分ぐらいのタマゴヤキが作れる。大きな鍋を買ってきてまずはそれを茹でることにしました。現地の人に聞いたら一時間ぐらい茹でないと中まで食べられる状態にならないという。

で、一時間の茹でタマゴを作った。冷やすのにまた時間がかかり、殻をむくのもたいへんで四人がかりの交代でなんとか半身を露出させました。やれうれしやと食べてみると気合のぬけたイカみたいでまったくうまくなかった。黄身もまずい。ダチョウよりも海亀さんが断然旨かったのですよお！

ぼくたちを育ててくれた95円カツドン

時間つぶしにぼんやりテレビを見ていたら例によって町かどおいしいもの探し、というような番組をやっていた。場所はたまたま東京の下町。総武線にそって新小岩、小岩の町で人気店探しをやっている。

ぼくは学生の頃、仲間四人で「小岩」のオンボロアパートに住んでいたのでこのへんをよく知っているのだが、下町風情の似たような町が並んでいて好きだった。

小岩よりは「新」がひとつアタマにつく「新小岩」のほうが新しい町なんでしょうなあ。ぼくがアパートに住んでいる頃からあった町だったけれど。とはいえどちらの町も〝東京のいなか〟というように相応しかった。

「小岩」のひとつ千葉よりには江戸川が流れており、そこが県境でそこから先は千葉県だった。小岩と新小岩のあいだには中川放水路がながれており小岩と新小岩をわけていた。ふたつの町はこの川をはさんでけっこうはりあっていた。どっちが都会か！　という国境問題的大テーマだ。意見が合わないと戦争になる。

しかし小岩にしても新小岩にしてもネーミングは清水次郎長一家の末端のほうの三下奴《さんしたやっこ》みたいでこれが本当の五十歩百歩というやつなんだろうなあという自覚があった。同じような町なのでぼくたちは買い物はみんな地元の小岩ですましていた。

別にそこで生まれたわけではないけれど郷土愛だ。そして買い物といったってカレーを作るためのニンジン、ジャガイモ、タマネギ、一番安いバラ肉少々といったところだったけれど。そのほかの嗜好品はいっさい買わなかった。アンパンすらね。

カネがないんだ青春は！

生活費、食費は四人が適当にだしあっていた。美しくも貧しい青春時代だったのだ。ときどき誰かにバイト代が入ったりすると大衆居酒屋に行くのが楽しみだった。

小岩駅北口に「浅草バー」という赤ちょうちんがあって、浅草でもなくバーでもないんだけれどとにかく浅草バー。

U字型になった大きなカウンターがあってなんでも安くなにしろビール大瓶一〇五円だった。これは酒屋で買う原価だ。しかもその店のビールは憎いくらいにカリカリに冷えていた。

夫婦二人でやっていたが陽気で愛想とイキオイがよくて一〇〇種類ぐらいある肴がみん

な安い。ここには月に一回ぐらいしかいけなかったけれどぼくたちにとっては月一度の至福の宴だった。威勢のいい旦那はぼくたちが三文学生とわかるとちょっと多く作ってしまったらしい肴をそっとそばに置いていってくれたりした。

もう一軒、ぼくたちにとってよろこびの店があった。小岩銀座に細長い、いまにもかたむきそうな食堂があり、ぼくたちの母親ぐらいの人が一人でやっていた。

できますものは「カツドン」のみ。値段はいついってもひとつ九五円だった。当時の一般的なカツドンは安くても一五〇円はしたろう。

そこもU字型のカウンターになっていてその一番奥でカツドンを作っていた。ぼくたちはとうぜん倒れそうなほど腹をすかしてその店のカツドンの製作を一部始終見学できるいちばん前に陣どった。

じっさいそのおばさんのカツドンの作り方を見ていると学習することがたくさんあるのだ。トンカツは客がきてから揚げている。いい具合になったところでカナアミで少し冷まし、そのあいだに平らで薄い小さな鍋に垂直のやはり小さな把手のついたのを用意し、タレとタマネギをいれて弱火にかける。じゅくじゅくいってくると電気釜のなかでいまかいまかと待機していた「ごはん」をドンブリに入れ、返す手でチビの把手つき鍋にいまかいまかと待機していた揚げたてトンカツを投入。かんはつをいれず垂直把手つき小鍋でじゅくじゅくいっていたところに生タマゴを割り入れる。蓋をして三〇秒まつのだよ。

もうこの段階でぼくたちはワリバシをにぎりしめ天空―はなかった天井をみあげて全身でもだえ苦しんでいる。

このお店の問題点はいきなり休んでしまうことだった。まあ見るところ家庭の主婦もしているようだったからこれはしょうがないですな。でもあの魅惑のかほりに引き寄せられるようにしてここまでやってきた（十分ぐらいだけど）カツドン巡礼のおれたちはもうどうにもおさまりがつかない。

そういうことが何度かあってぼくたちはついに自分で作ることにした。横丁スーパーのようなところにいってトンカツを買い、タマネギ、ニンジンは台所にあったけれどタマゴが二ケしかない。たしか夕べ四ケぐらいあったはずだけれど誰だ栄養つけるんだ、などといって飲んじゃった奴は。下をむいて明日の天気のことなんかいきなり話しだしているのがいてそいつが怪しい。

ごはんを炊かねばならない。保温機能がついていないやつだからタイミングがむずかしい。調理場には三人しか並べないのでタマゴ犯人らしきやつを野菜類の皮を全部剥くかかりにした。

お店のおばさんの技に近づけないのは一人用の垂直把手のついている小鍋がないことだ

った。

だからお鍋で四人分いっぺんに煮て、そこに二個のタマゴを割り入れた。

形態的にも味覚的にもずいぶん違っていたが、ひとつだけよかったのは全員おかわりができてひっくりかえっておなかをポンポン叩いて満足度を表現できることであった。

話はガラッと変わるが、冒頭書いた新小岩の行列のできる店のことを書いておかなければ。あれは簡単にいうとドラヤキの餡《あん》をはずして、チーズだとかホワイトクリームだとかジャムだとか、好みで好きなようなものを挟んで食べる、というものであった。

息子ファミリーがアメリカにいるときしょっちゅうパンケーキを焼いて、そこに好みのものを挟んで食べるのをやっていた。あれと同じような気がする。

本格そば崇拝教

山形県に有名手打ちそば屋が並んでいて通称「そば街道」と言われているところがある。どこも有名な老舗そば屋らしく店のしつらえも凝《こ》っていて「いかにも」なかんじである。熱烈なそば好きに連れられてその街道のとくに人気という一店に入った。

ところが人気というわりには店のまわりにあまりヒトの熱気というものがない。ヒトの気配はないが玄関からその横の廊下にかけて靴、ゾーリ、バイク乗りの半長靴などの履物の気配に満ちている。ヒトの足の気配濃厚というやつだ。わしらは犯罪捜査班か。

でもなぜか店のなかは「しん」としている。不思議な世界だった。店の人の手続きをへて中に入ってみると驚いた。

満員であった。立錐《りっすい》の余地もない、という表現があるけれどその店にはテーブルというものはなく、長い板が並べられているので客はその板を取り囲むように何列も座って並んでいる。客は老若男女六〇人ぐらいだったろうか。繁盛店といえど田舎の街道ぞいの店としては驚くべき光景だった。

この街道にはそれぞれそば好きに人気の店が並んでいてみんなこのような満員盛況の賑わいを見せているらしい。

オモテと中の光景があまりにも異なっているのでかなり戸惑いながら店の人に案内され、その板テーブルの前に座った。

客室に入って驚き戸惑ったのは中の盛況ぶりに較べてあまりに店の中が静かなことであった。一人客が多いのか、あるいはこの店はとりわけ無口の客が多いのか新参者にはよくはわからないが、そばが出てくるのを待っている客も、今まさしく食っている客も、今しがた食いおわったとおぼしき客もいろいろだったけれど、共通しているのはみんな口数が少なく「しん」としていることだった。

それを包み込むようになんとなく全体に「シーン」としている。

「そば道」のようなものが店の空気を厳しく貫いているかんじだった。

「そば道」なんてあったっけ。

まあ日本には華道なんていうのもあるしもっとすごい神道《しんとう》ときたら無敵の筈《はず》だ。

ぼくの斜め前でかしこまってそばの出てくるのを待っていたセーネンは、目の前に「もりそば」が置かれると両手をあわせて拝んでいた。もっと正面の角度からみれば涙ぐらい浮かべているのが見えた可能性がある。

なんとなく「うーん」と唸りながら、ぼくをそこに連れていってくれた知人とヒソヒソ声で「重いですなあ」「信者というコトバがチラつきますなあ」などと囁《ささや》く。全体の雰囲気に影響されてどうやら我々は早くも圧倒されているようだった。

さてその「そば」だが、やがて我々の前にも出てきた。色黒の見たかんじで歯ごたえがしっかとありそうな手打ちだ。ワリバシで四、五本たくしあげるのにもけっこう力がいる。

「手打ち十割の」

知人が囁く。

で、その味だが、ぼくには全体が硬くて腰もヒザもカカトもしっかりついているようなもの凄く重いそばだった。

だいたいぼくはあまり本格的なそばは不得手なのだ。本格過ぎてしまうとなんでも「しっかり」しすぎてしまって相手に妥協というのがなくなる。

ぼくが好きなのはもっと細くてコシなんかまるでなくてぐだぐだにゆだった「駅そば」的なものをズルズルスズル、というやつだ。

たとえば東京に住んでいると都会の街角にある立ち食いの「富士そば」のようなやつ。

できたてのそれにトンガラシ粉いっぱい浮かべてアチアチのつゆとクネクネのベロとのタタカイに天下分け目を懸けることも容易にできる。

「究極のそば道」にいきすぎると、たとえばこのようなことがおきる。

冒頭紹介したそば道に突入していた知人が体験した話だが、ある庵《いおり》のようなそば屋では本格的な十割そばを追求していくためにそばのタレを放棄したらしい。

すなわちその店ではそばを頼んでもタレは出てこない。タレのかわりに店の裏の谷川からくみ上げてきた清水がそば徳利に入っていて客はその谷川の水で十割そばを味わうことになっているらしい。

そのそば庵《あん》の主の言うことには「本格的なそばを味わっていただくには谷の水でススッテいただきたい」ということらしい。

この「本格的なそば屋」がまだあるのかどうかわからないが、この話を聞いたときにぼくは南青山の本格的なイタリアンレストランで体験した「本場のビール」のことを思いだした。

真夏のことだった。そのレストランのメニューは五品しかないことで知られていた。まだ若く無知そのもののぼくはその店に入って「本日の料理」というやつを注文した。そこは二品以上のものを注文すると店主が不機嫌になるのだ。

何を注文したか忘れたがとにかく一品にした。夏である。我々三人（だいたいこういう場合は三人連れ）は料理が出来上がるまで当然ビールを注文した。メニューにイタリアのその注文料理が食べられている地方のビールである、ということが書いてある。出されてきた小瓶のビールははじめなにかの間違いだろうと思った。

ナマヌルイのである。

盛夏である。南青山では聞こえないが神宮のほうに接近すれば蝉しぐれの時間だ。

ぼくはなにかの間違いだろうと思い、そこのクセのあるへアスタイルの店主に「いま出してもらったビール冷やし忘れていますよ」

と言った。すると店主はとんでもないことを口走った。

「当店はイタリアの○○○○○地方の本格的料理をおだししていますので、その料理をよく堪能していただくためにその地方と同じようにビールも常温でおだししています」

神様　仏様　おかゆ様

六月にコロナに感染してしまいまったく恥ずかしい経緯を経て救急車によって新宿区内の病院にかつぎこまれた。妻や息子ファミリーはタンカに横たわって運ばれていくぼくを見てもう二度と帰らないのではないか、と思ったらしい。

でもぼくにはその顛末の記憶がまったくない。その数日前になんだかわからないけれど強い酒をのみ、そして倒れてしまったらしい。

冒頭書いた「まったく恥ずかしい経緯」というのはそのあたりのコトなのだ。気を失ったまま病室に運ばれ、三日ほど眠ったままだったらしい。

コロナ感染からどのように生還したのか、という話をくわしく書かないか、と知り合いの新聞や雑誌の編集者にいろいろいわれたが、まあ様々な体験をしたから書けば面白いだろうが、少し落ち着いた時期を経てからでないと書き記す気にはならなかった。

本誌の原稿締切がどんどん迫ってくるなかで、食べることをテーマにしているこの連載では、話の焦点がはっきりしているから、かえっていいのかもしれない、というふうに思ったのだった。

「おなかがすいたハラペコだ。」というメーンタイトルを眺めて、退院してからもう一カ月以上もたっているのにぼくには「ハラペコ」感が戻っていない、ということに気付いてやや茫然としながら、あのウイルスのあくどさをつくづく痛感していたのだった。

したがって今月のこの欄はたぶんあまり面白くない。これまでは書いている当方がハラペコ感に満ちていたのだけれど、そんな無邪気な気分から今回はずいぶんかけはなれてしまっているのでご注意ねがいたい。

病院にいる間、食べもので〝おいしい〟と思ったのはただの一度。四日間ほど何も食べられなかった—というより何も記憶していない日々をすごしていたのだけれど、高熱が去り、意識もなんとなく戻ってきたな、と思える朝に出てきた「おかゆ」がおいしかった。何も味つけなどない「白がゆ」である。それまで何も口にしていなかったからそれでようやく人間としてこの世に戻ってきた、という実感があった。イブクロもおどろいていたのだろう。

でも「おかゆ」はその日の朝だけで、昼は普通の病院食になっていた。これはいきなりだったのでぼくの心身がおどろいてしまい、まったく食べられなかった。毎日三食、ベッドに横たわっていると毎回異なったメニューの食事が運ばれてきて、それを食べればいい、という申しわけないようないい身分だったのだが、体が求めていないらしく、おいしさを感じなかったのだ。

これはもしかするとよく言われるコロナによる味覚障害の一種だったのかもしれない。ナースも毎食そっくり残してしまっているぼくを見て、「体力回復のためにしっかり食べなさい！」などとは言わなかった。もしかするとそんな患者が他にもいたのかもしれない。

小さなカップに入ったヨーグルトと紙パックの牛乳がついてくるとそれはいただいた。どうせなら小さなパンでもつけてくれたらそれは食べられたかもしれない、と思ったが基本的にあまり空腹感がなかったから数日間主食を口にしなかった。

ラーメンとかうどんなんかだったら一番いいのにな、と思ったけれど病院食にはそんなのはありえないだろうと一応の常識はあったから、ベッドの上で記憶にあるラーメン店などを思いうかべていた。何日もまともに腹ごたえのある物を食べていないのだからそういうのをリアルに思いうかべられたらもうたまらない気持ちになるのだろうな、とフと思ったけれど別にたまらない気持ちなどにはならなかった。入院してから食に対する思いが信じられないくらい減退しているのだな、とそのときはじめて思い至った。

退院してから新聞や週刊誌などで知ったのだが、コロナに感染した人は食物の匂いや味の感覚を失うことが多い……という記述に近いような状態になっていたのかもしれない。「おかゆ」だけがなつかしかった。よく考えるとあれにはさしたる匂いはないし、きわだった味もない。とても素直な食物なのだ。

そんな具合だったから退院してわが家に帰って、まず妻にお願いしたのはドンブリ一杯の「おかゆ」だった。

「何か味つけは？」。妻は聞いた。少し迷ったが「まず白がゆで少々。それから試しにかつおぶしとショーユを用意してもらいたい」と頼んだ。

かつおぶしやショーユの匂いや味がしなかったらどうしようか……。そんな不安にふいにおそわれた。

でも現実はやさしかった。目の前にあらわれた白がゆは家庭用の土鍋で炊いたもので、蓋をあけると濃厚な湯気とともに「ごはん」のやさしくたおやかな匂いがたちのぼった。しばらく温度が下がるのを待って陶器のスプーンで白いおかゆを口もとに持ってくる。ごはんの匂いがはじけている。なんともいえない安心感に満ちて存在そのものがやさしい。

おかあさーん。

その次に「ふうふう」して少量を口のなかに。ちゃんとごはんの味がする。もう大丈夫だ。次の一杯はかつおぶしにショーユをからめて、それをおちゃわんの中に投入する。よくまぜて、味にムラがないように気をつかう。

退院して五、六日はこんなふうにおかゆが主役になった。しかし妻は野菜サラダやたんぱく質の料理をいろいろ作り、刺激の少ない具材の味噌汁を必ず添えた。ぼく自身も病院では十日間、ほとんど断食みたいな生活をしていたので体重が六キロも減ってしまったからこのままではフワフワして空中に浮遊してしまいそうだったのでできるだけいろんなものを食べるようにした。

あるとき「ワンタンメン」を作ってくれた。これがフルエルほどおいしかった。どこから取りよせたのか冷凍された本物のワンタンメンを戻したものだという。雲呑感《くものみかん》がやさしくやわらかく殆《ほとん》ど感涙《かんるい》しながらいただいた。おかゆとこのワンタンメンがあれば、ぼくはまた「ハラペコへの道」を歩んでいける！　ということを実感した。

ホカホカごはんに濃厚味噌汁！

うちの事務所のアシスタントが教えてくれたのだがぼくの著書が今年（二〇二一年）九月に出た新刊書で二百九十五冊になったようだ。

それにしてもよくもまあ書いてきたものだ。粗製濫造という文字が頭のうしろでクルクル回っています。

雑誌連載が多いから毎日とにかく犬やネコが餌を食べるように何の疑問もなく与えられた原稿枚数を律儀にこなしてきたらそれらをまとめた本が自然にどんどん積み重なってきた。それらをこなしているうちに前述のようなチリも積もれば……そのもののような本の山になっていったのだった。

そうして本日もここに食べ物の話を書くことになった。ヒトはたいてい一日に三度いろんなモノを食べているから話のタネはつきないような気がするが近頃のわが食生活は自分でも唖然とするほど単純になってきてスリリングな展開にはほど遠くなっている。

以前だったらあちこち動きまわっていたから土地がかわり、時間も変化して面白い話がいろいろ書けたような気がするけれど、コロナ禍で行動の基本が単純化され、自宅でじっとしている日々が多くなった。著作活動のようにいままであっちこっちあわただしく動き回りすぎたからその反動があった。

家でじっとしていると食べるものも単純化してくる。もういい歳だし、食べるものにそんなに欲望がなくなってきている。

むしろシンプルなものがよくなっている。

たとえば朝食である。

これは「ごはん」と「味噌汁」の黄金コンビだけでもう十分なのであります。ただし、どちらもおいしく作られているもの、という贅沢な注文がつきます。

ごはんなら水加減が正確で炊きあがったとき十分ふっくらしてごはん当人が満足して笑っているようなやつ。ぼくの家は電気炊飯器というのを使ったことがなく、二合釜、四合釜の二種類しかない。これに水かげんをぬかりなく、ガスで炊くときには火の調節をぬかりなく。これは妻の専門仕事で季節や、湿度などを経験とカンで考慮してその時期ごとに水かげんと火かげんを調節したものが朝がた炊きあげられます。

ごはんを食べるのはぼくだけなので（妻はサラダと果物食）二合釜で炊かれたものは三

日ぶんにわけて使われます。最初の日は炊きたて。翌日と次の日は冷凍されたものを戻して使っています。これのほうがごはんが落ちついてきておいしく感じられるときがあります。炊きたてのごはんはごはんたちでコーフンしていて落ちつかなくなっているのがわかるときがあります。これに伴侶として味噌汁が重要な存在として作られます。

あれはどこのものなのか、詳しく聞いていないのでよくわからないけれど発酵がきいているような味噌が使われています。

だしはかつおぶしとコンブから丁寧に抽出したものが使われ、具はいろいろだけれど沢山使われています。いわゆる具沢山の味噌汁で、これも三日ぐらい使われる。

ぼくはこの炊きたてごはんと具沢山の味噌汁の組みあわせだけでもうあさめしは十分、という気持ちになっているけれどこれに鮭の粕漬けの焼いたものとか、鮭といくらを漬けたもの（紅葉《もみじ》漬けなどと言われている）なんていうのを用意されているので朝から酒など飲みたくなる誘惑的な匂いをさせていたから、あるときからそういうおかずはなくてもいいです、と思い切っていいました。

そういうたいそうなものがなくても海苔の佃煮や、いつ頃だかわが家の食卓に加わってきた生姜《しょうが》をなにかの薬味で漬けた「うまくて生姜ねぇ!!」という名前の瓶詰がトリオを結成しています。これらを小だしにしたものを少しずつごはんの上にのせて食べるともうそれで十分なのでした。それでもある日、具沢山の味噌汁に生卵を割りいれ半熟ぐらいに煮たやつをごはんにまぜて食べる、などということをしました。

ごはんさえうまく炊けていればこれはあとをひくうまいくみあわせになります。

味噌汁は小鍋で作られるので一回目を使ったあとは鍋ごと冷蔵庫にいれておきます。だんだんシステムは簡素化していくのです。

あるときひるめしにオジヤを思いつきました。その日は妻が朝からでかけていて、ぼくは自立して一日暮らさなければならなかったのです。

オジヤは簡単です。ただし九月という季節は台風が関係しているからなのか、異常に空気が湿けていて、このオジヤを食べると全身汗だらけになって困りました。食事が終わると全身の服を脱いで新しいものと替えないとやっていけない具合です。だから町に出てあつあつラーメンなんか食べると時と場合によって大変なことになるかもしれないのです。

コロナ感染があって以降、自律神経失調症気味でからだのバランスがときに乱調になり、こんなふうに思いがけない反応をしてしまうことが増えてきてやや焦っています。

家の中の食事をごはんと味噌汁のシンプルな組み合わせにしたのも、このコロナがらみの対応策が基本にあったからです。

お昼はトーストです。駅の近くのベーカリーでクロワッサンの生地で作った小さな食パンを売っておりそれだったらバターも何もいらず、冷蔵庫で待機している具沢山の味噌汁の加勢で十分対応していけるのです。

ぼくの住んでいる町は若い人と老人が住民の主力になっているようで町の魚屋が元気です。ひと頃はカツオの半身などを買って帰る、ということなどしていましたが今はそんな元気はもうないです。

ベーカリーにはカレーの具がいっぱいつまったずしりと重い「カレーパン」などを売っています。それを買って帰るというのはなかなか勇気がいることで六割ぐらい決心したところであえなく決断までいかず収穫なしで帰宅することが多いのです。

夜霧にむせぶ哀愁のおでん酒場

この一年、コロナ騒動で街で酒を飲ませる店が次々に灯を消し、夜の盛り場はすっかり様相を変えてしまった。酒のみのワタクシはそれによって自粛を余儀なくされ、しばらくは慣れ親しんだビアレストランや居酒屋から遠ざかり、よい子じゃなかったよいじいさんのフリをしていた。

以前だったら馴染みの新宿呑み屋街に行くと、日頃の遊び仲間が飲み呆けている店に顔をだし、ぼく自身もたちまちのんだくれの一味と化していたが、それもままならなくなって幾星霜《いくせいそう》、都会の夜の街は追憶の夜霧のなかにじわじわ溶け込んでいったのだった。

しかし、ここでいきなり思いだしたので書いていくが、演歌はこの「夜霧」が大好きで歌詞によく出てくる。

密かに惚れていた女が東京の夜霧に消えていく、などというフレーズを何度聞いたことだろうか。

でも、ぼくは東京に生まれ、東京で生きてきたがこれまでただの一度も夜霧に出会ったことがない。一度ぐらいそんなところを歩いてみたい、と思っているのだがよほどめぐりあわせが悪いのかついぞ「夜霧」につつまれることはなかった。

単なる「霧」は見たことがあるけれど、早朝だったり深夜の山の中だったりして演歌の語る風景にはほど遠かった。

新宿の東口から少し行ったところに場外馬券売り場があって、その近くに「五十鈴《いすず》」というおでん屋があり、景気の悪い顔をした男たちでいつも賑わっていた。ウナギの寝床というのはああいう店を言うのだろうけれど、長さ七メートル、幅三メートルぐらいの細長い馬蹄形をしたカウンターがあり、客は向かいあって座るようになっていた。

カウンターの中には常時五〜六人のおばあさんが忙しく立ち働いており、みんな割烹着《かっぽうぎ》姿だったので、店に入るとオフクロさんが大勢いるような気持ちになった。

「わたしたち明治、大正の美人なのよ」

あるとき比較的明るいおばあさんがそう言っているのを聞いたことがある。

おばあさんたちはよく口ゲンカをしていた。ケンカになるのはそれぞれグチが多いからだと、その店の内情に詳しい人が得意げに内緒話していたものだ。

料金が安いので安月給のサラリーマンが主な客で何時も賑わっており、その中にまじって競馬で負けたおっさんが近くの場外馬券売り場でいましがたスッテンテンになったところらしくあらくれたりしていた。行儀の悪い客が食い残した皿の上にタバコを突き刺して消したりすると即座に怒られたりしていた。ふるさとの母親に怒られているような気持ちになりそれがうれしいらしい客もいるようだった。

おでんの店だからみんなおでんを注文していたがとりあわせは「おまかせ」が多かった。そうであっても「おばさん！　おれの皿はダイコンとコンニャクばかりだったよ」などと文句を言う奴がいた。そんなことはまずないのだろうが明治の美人らは黙ってすぐにほかの具をいれてその客の前においたりしていた。おでんはいつもうまくて、あれはそうとう料理のできる人が仕込んでいたのではないか、と後になって思った。人気だったのはそれと一緒に食う「おにぎり」で、これはごはん茶碗にあつあつのごはんをいれたのを素早く洗った手で握ってくれる。シオむすびだったがまん中にカツオブシを醤油でといたやつがいくらか入っていてため息がでるほどうまかった。

おでんのほかにつくりおきのサバの味噌煮とキンピラゴボウが定番メニューでどれもごはんがすすむ。酒の店であんなにごはんを食べるのは珍しかったが、うまくてうまくて、ついまっさきにごはんを頼んでしまう。それでもっておかわりだ。

今考えるとあの店は「ごはん」が本当の主役であったのだ。客の多くは家に帰っても母とか妻のいない家だったのだろう。ぼくがそうだった。

見ているとー升釜のごはんはあっという間にカラになっていた。そうするとすぐにあたらしいのが炊かれる。釜はふたつあった。それでもすぐカラになってしまうのだった。

馬蹄形をしたカウンターなので向きあってずらっと客がならんでいる。欧米なんかだと他人同士でも向かいあった者がすぐになにかの話をするのだろうが、日本人は互いに黙っている。とくにその時代は全体に雰囲気はかたかった。

たまに場違いに若い奴がカップルでやってくることがあった。たちまち娘のほうはおとっつぁんらの好奇のマトになり、カップルの男のほうがそのジロジロ攻撃に耐えきれず早めに退散していくことが多かった。

その店は朝までやっていた。終電を逃した一人客たちがカウンターに両肘をついてウトウトしだす。その人の前におでんの残りが入っているお皿があり、いまにもその上に突っ伏してハンペンつぶし顔になりそうだったがバタンといく前に奇跡的に持ちなおし、それを見ていた客同士がじつに「残念」という顔をして見つめ合い、両者にかすかな友情のようなものが芽生えるのだった。

午前二時ぐらいになると割烹着のおばあさんは二人ほどになっていた。夜勤当番というわけなのだろう。客もそのくらいになると呑みすぎでくたびれて静かになる。当番のおばあさんがカウンターのすみでビールケースの上に腰掛け、うつらうつらしている光景もあった。そうなるとなんとなく客も気をつかい、あまり緊急でない注文などは控えるようになっていた。

この店は三十年ぐらい前にはもうなかった。店の周辺も激しくかわり、今では新宿駅東口にむかう幅の広い階段はすっかりきれいになり、露天エスカレータなどが稼働している。むかしは階段の真ん中に公衆便所があり、まわりにはホームレスや家にたどりつけなかった酔客《すいきやく》などが一緒になってころがっていた。そうだ、思いだした。その便所ではたくさんの人々がひっきりなしに激しいイキオイの立ち小便をしていたのでそのしぶきが時には夜霧のようにたちけぶっていたのだった。

愛と哀しみのワンタンメン

町中華、というコトバをときおり聞く。なんだろう、と思っていたらテレビの食探訪ものでそう言っていたのですね。せんだって番組を発見し、早速見ました。

そこらでよく見る町の中華食堂の食べ歩きだったけれどありふれた光景がなかなかうまい構成で生き生きとし、退屈しなかった。

町中華にはむかしからお世話になっている。グルメなどという軽薄な言葉に代表されるテレビの豪華食探訪ものなどよりも、町中華は日常の慣れた世界だから無理なく共感をよぶのだろう。

考えてみると殆どの日本人は町中華におせわになって大きくなってきたような気がする。どんな過疎の町でもラーメン屋さんぐらいはたいてい一軒ぐらいはあるだろうし、中学生ぐらいのときに小遣いをためてドキドキしながら独力で最初に食べに行ったのはたいていラーメン屋だったんじゃあるまいか。

町中華の店の黄金の三品はギョーザにラーメンにチャーハンだ。そう断言しちゃうけれどこれらはたいていどれもおいしい。別の言い方をすればこの三つがおいしくない店は町中華とは言えないんじゃないだろうか。

ぼくが中学生ぐらいのときの夢はこの三品を同時に注文し、それをいちどきに食べることだった。しかしその頃の小遣いではそのどれか一品が限度で、三品同時の夢ははるか遠い彼方だった。

大人になったらそれらを同時に注文し、ぜいたくに一度にわしわし食うことを夢見ていたものだ。そうしてやがてその大人になって、今なら三品同時食いができるぞ、ということに気がついたことがあったが、そのときは自分の食欲やイブクロのチカラはもうそこまでは鷹揚《おうよう》ではなく、少年の熱い夢は達成できなかった。人生はしばしば非情なのだ。

ぼくが小、中学時代を過ごした町は千葉の幕張だった。メッセができて今はなにかと知られるようになったが、少年時代のその町はせいぜい潮干狩りぐらいが知られる海辺の田舎町だった。

駅前に「末広」という寿司屋があった。寿司屋といいつつカツ丼もラーメンもあった。まあ田舎町のなんでも屋的な駅前食堂というわけだったのだろう。

　ここで人生初の町中華、ラーメンを食べた。シナチクと焼き海苔と鳴門まきがそれぞれどうだまいったかとオシルシのように浮かんでいるのがえらく眩《まぶ》しくしかもよそいきの味でじつにはれがましかった。思えば母と一緒に食べたのだった。まだ戦後の気配が残る貧しい時代だった。母を独占して食堂に入る、ということじたいがたいへん高揚した気持ちだった。おかあさーん。

　当時日本中どこにもあった銀座通りがその町にもあって、それはお約束のようにチープな商店街だった。その道を犬が犬の用事があったのだろう、しばしば一匹で自立して歩いていた。

　ぼくが自分の小遣いで店に入ったのはその銀座通りのはずれにある「つるや」という店だった。甘味屋だったがそこにも中華そばがあった。ラーメンではなく断じて中華そばだった。ともだちと一カ月に一回程度そこに行った。ラーメンは三五円だった。

　そこでラーメンを食べるヨロコビもさることながら、ぼくたちはその店に置いてある『平凡』と『明星』という芸能雑誌をパラパラやるのが楽しみだった。どっちだったか忘れたが「ドクトルちえこのなんとか相談」という連載コラムがあって、そこにはしばしば家では読めないような「性の相談」というのがあり、その記事を熱い密かな気持ちになってむさぼり読んだ。そういうときのラーメンはゆっくり出てきてほしかった。

その頃、銀座通りに新しい中華店がオープンした。その時代には珍しいカウンターだけの店で、出されるのはワンタンメンだけだった。でもワンタンメンというのはその店がはじめて扱ったもので、ぼくが知ったのもその店のおかげだった。

メニューが一種類だけ、というのは画期的なことだった。まずその店にやってきた客はとくに注文する必要はない。だまって座れば自動的にワンタンメンだった。

夫婦でやっていて、奥さんはえらく美人だった。ぼくは中学生ぐらいだったので女の人を見て美人だとかどうこういう感覚はなかったからそれはだいぶあとになって思ったことであるような気もする。

旦那は都会的な気配があって、子供心にもなかなかいい男で奥さんとも仲がよく、見ていて気持ちがよかった。

カウンターだけの店なので、まずそのとき並んでいる客の数だけドンブリを並べてワンタンメンをつくる。当時は客の前で作る、などというのはめずらしかった。

カラのドンブリに最初素早く均等に白い粉を分け入れていくのが何時もの順番だった。その白い粉はあとでわかったのだが、当時出始めの「味の素」なのだった。その次にスープが均等に入れられ、それから茹だった麺とワンタンがやはり均等にいれられる。そのとき「いい匂い」が店の中に流れて、ぼくたちはじつにうっとりしていたのだった。

ワンタンは天《あま》の羽衣《はごろも》みたいに果てし無く柔らかく、まさに雲呑感《くものみ》に満ちた夢のような歯触りと喉ごしでそれこそ天にも昇るようにおいしく、その店も流行っていた。町に都会が来たような気がしたものだ。

何度か溢れる期待をもってその店に行ったがやがて旦那の姿をあまり見ないようになった。それでもしばらく奥さん一人だけでなんとかやっているのを見ていた。どうして旦那さんが急に消えてしまったのか、ということについてはわからなかった。

やがて大人たちの話で、旦那さんは競輪にのめりこんでいて、なにやらたいへんな借金を作ってしまい、借金とりに追われてどこかに姿を消してしまったらしい、と聞いた。それから間もなくしてその店は突然閉まり、奥さんもどこかへ行ってしまった。

真冬のシベリア料理

寒い夜はシベリアでの日々を思いだす。一九八〇年代のおわり頃に二カ月ほどうろついていた。まだソヴィエト時代の暗い影をいろいろひきずっていた。

モスクワを出て、レニングラード、ニジニノブゴロド。シベリア鉄道でイルクーツク、ヤクーツク、ソチ、ウスチネラなどといったところをさすらった。シベリアの冬は毎日夜ばかりだった。

いちばん寒いところでマイナス四八度だった。ただならぬ牙風《きばかぜ》が吹きつけてくる。お華を活けるときに使う「剣山《けんざん》」でたえず顔をバシバシ叩かれているような感じだった。もっともそういう感覚があれば安心だった。叩かれるような痛さを感じなくなってきたら凍傷の心配をしなければならなかったからだ。

いろんなことを体験したが衣食住でいちばん困ったのは毎日の食事だった。

安ホテルの朝めしはウスラ寒いレストランで食べる。ほかの国と違うのはそこには愛想というものがいっさいないことだった。

無表情、というより無意味に冷たい表情をした男と女が暗い国から来ました、とばかりに静止している。席はたいてい空いているので適当に座る。食事券というものはなく、目の前に突き出されたカーボン写しの伝票に名前と部屋番号を書き、場合によってはパスポートも要求される。朝食を食べるのにパスポートですよ。

座って十五分ぐらいすると「クワス（アルコールのない発酵飲料）」という味がなくて薄い色のついた飲みものが必ず運ばれてきて、それから十五分ぐらいして冷たいボソボソのパンが運ばれてくる。さらに十五分ぐらいしてぬるくて粉っぽいコーヒーがきておしまい。ここまで軽く一時間ぐらいかかっている。

さして火熱《かねつ》も使っていないのにどうしてこんなに時間がかかるのか最後までわからなかった。セルフサービスという概念がないのでせいた客が自分で運ぼうとしてもダメなのだった。自分で運ぼうとすると厨房に入らなければならないが、そんなことをしたらたちまちタイホされてしまいそうな無意味にただならぬ緊迫感があった。

昼めしは食えるところがなかなかみつからなかった。寒い国だから何か食って体力をつけないといけない。そこで早い夕飯を食えるレストランを探してそこに入るしかなかった。でもせいぜい四時ぐらいからだ。あたりはもう真夜中みたいに真っ暗になっている。

何か簡単な食い物を買う、ということもできない。コンビニなんて夢のまた夢の時代だった。日本のラーメン屋がいかにすばらしい存在か、ということに気がついた。ロシアに日本式ラーメン屋が開店したらそれこそ「革命！」だ、と思った。

有名なコルホーズ、ソホーズなどというところには規模の大きな組合食堂みたいなものがある。人づてで何度かそういうところにもぐり込んで食事したが用意してあるのはたいていなにかの肉と根菜のごった煮のようなものだった。何度も煮返しているからなのだろう、全体が軟らかく味が深くて街のレストランで出されるものよりもおいしかった。

ある夜、街のレストランで鶏肉料理にありつけた。メニューに「若鶏の蒸し焼き」などと書いてある。しかし、その肉は硬く食事用のナイフではまるで刃がたたなかった。

「これは七十歳ぐらいの若鶏なんだね」と同行者と失望の陰口をたたいたりした。

街では時おり、いかにも田舎のおばさんがサンタクロースのようにドンゴロスの大きなフクロを背負って見え隠れにササッと街角にあらわれた。するとすぐにそのおばさんの後ろに行列ができた。

おばさんは横丁の目立たないようなところでそのドンゴロスの袋をあける。なかから出てくるのはたいていピロシキだった。ロシアのコロッケのようなものでまったくの家庭料理だからレストランではまず食えない。

揚げたてだから温かくてうまい。次から次へと売っていく。無許可の個人売買は禁じられているので警察に見つかるとたぶん許可のないだろうおばさんはつかまってしまう。いや、客もつかまる。あたたかいピロシキにかぶりつきながら本当に安くてうまいものを普通に食えないこの国の不幸、というようなことを考えた。

時々、予期しない店でおいしいものにであった。あつあつのボルシチはそれだけでおいしい。これも家庭料理だ。このスープがあれば冷たくて硬い黒パンもおいしくたべられる。サリヤンカは酢味のスープ。洗練されたところでは夢のようにおいしかった。全体に都市部よりも地方、さらにロシア周辺の多民族小国のほうが豊かでおいしいものにありつけた。

ヤクート自治共和国の田舎では猟師をしている人の家にお世話になり、思いがけなく豪華な夕食にめぐりあった。

ヤクート人はアジアのネイティブの顔つきをしているので懐かしみがあって、日本人からすると昔話のやさしくあたたかい世界にはいりこんだような気分だった。

乾杯のあとにオムリというワイルドな前菜が出てきた。イワナに似ている二十センチぐらいの魚が各自一匹ずつ。マイナス三十度ぐらいのところで釣るので空中にひきあげ氷の上に転がしておくらしい。すぐにカチンカチンに凍ってしまう。

ひと晩外に出してさらに固く凍らせたものを各自ナイフで好きなように薄くそげ切りと

っていく。ルイベである。コショウをかけてそのままずんずん食べる。たっぷりの脂身が口の中で溶けていくときのウマサといったらなかった。

続いてトナカイのステーキが出てきた。トナカイの脂で焼いてあり、厚さ三センチぐらいあった。焼き立てのパンとともに食べる。外は雪がしんしん。マイナス四十度ぐらいだった。でも部屋はペチカでゆったり暖かい。

ペリメニというシベリアワンタンみたいなものが絶品だった。黒コショウをたっぷりかけてハフハフいいながら食べる。シベリアの旅は田舎に行けば行くほどおいしかった。

三役揃い踏み

むかし、わが豚児《とんじ》らに食べ物を作った話を書かねばならなくなった。遠い遠い時代にさかのぼらなくてはなりません。あれは明治維新の頃でしたか。いや、そんなにさかのぼらなくていいですね。

子育てをしていた頃、すでにぼくはモノカキだったので基本的に家にいることが多かった。妻は保育士の仕事をしていたので昼間はそこに行っている。子供らがたまに早く帰ってきて腹をすかせ、ぼくが何か作らなければならない、ということがときどきあった。

当時は「巨人、大鵬《たいほう》、タマゴヤキ」といわれていた。子供と子供のようなおとっつぁんが好きなモノ、がその三つというわけだ。巨人も大鵬もフライパンでは作れないがタマゴヤキなら作れる。こういうときに慣れない台所に立つ、というのはけっこう楽しい。

でもハラペコの子供らはタマゴヤキだけでは満足しない。いきおいぼくは父親としての点数稼ぎのために、冷えたごはんがあるときはそれでチャーハンを作ったりした。実際にはただのヤキメシだ。子供ら相手といえヤキメシもけっこう難しい。ゴハンを焼いただけではダメで、なにかポイントが必要だった。

ウインナーソーセージなんてのがあると最高なのだがその当時は冷蔵庫に都合よくそういうものがあるわけではなかった。肉の小片とかシイタケなんてのも偶然には冷蔵庫に入っていない。

結局焼いたメシに煎《い》りタマゴをまぜるぐらいのものしか作れなかった。

メシを焼くのでも当時はまだ強い火力で素早く焼く、という知識がなかった。したがって弱い火力でのそのそゴハンを焼く、という状態になる。

子供らの好きなケチャップなどというものも探せばどこかにあったのだろうけれどそれらを探しだしてもそういう異国の怪しいものをヤキメシに投入する、という面妖《めんよう》なる冒険はできなかった。そうか、あの時代はやはり明治維新の頃だったのか。

ぼくがやりたかったのは焼きそばだった。めん類をかきまぜて均等に味をつける、ということはゴハンよりもソバとかウドンなどの「ながもの」のほうがうまくいくような気がした。

中華そばは家にはあまりなく、買いおきはうどん系の乾麺だった。これを戻して焼く。カツオブシと醤油で味つけするだけ、というシロモノだったがハラのへった子供らやぼくはそれでおいしい気がした。

まだカップメンはおろか麺を中華ドンブリにいれて湯をいれて三分間待つのだぞ、のチキンラーメンもあまりなじみがなかった。


ぼくが子供の頃母親が作ってくれたものを思い出す。たとえば「ムギコガシ」だ。この一文を読んでいる若いおかあさんなどにはわからないかもしれないが古いおかあさんはわかってくれると思う。

ムギコガシはその名のとおりムギを焦がしたものだ。オオムギである。小麦粉があるように大麦粉もある。後年、チベットにいくと毎日大量の大麦粉が出てきた。チベット人の主食で「ツアンパ」といっていた。ヤクという巨大牛の乳をまぜて食う。日本では「ハッタイコ」と呼んでいた。それだけでもの凄い栄養があった。ぼくが子供の頃、母親はおやつとしてこのムギ粉を焦がすムギコガシを作ってくれた。子供心にも懐かしく焦げ臭く、素朴にやさしくうまかった。

その頃「くず湯」というのもよく作ってもらった。白い粉に砂糖をいれて熱い湯をかけ素早くかき回すとトローンとした白濁したものが器のなかに出現し、けっこうやさしくうまかった。テキパキやらないと「ダマ」になるからね、と母がよく言っていた。タマじゃないんですよ。タマはネコだ。タマをかじると引っ掛かれます。

くずはじゃがいもなどからできていたようだ。家庭用のでんぷんである。町の中華屋で「もやしそば」を頼むと主役のモヤシをはじめとした野菜はこのクズによってトロンとなって出てきた。

だからムギコガシもくず湯も母親が作る家庭の味、家庭の子供の「夢の食べ物」だった。おかあさーん。

わが家に長いことイソウロウしていた叔父さんはときどき「カルメ焼き」という魔法のような食い物をつくってくれた。これがたいへんうまかった。

でもイソウロウが作るものにしては原料が高いから、という理由でそんなにしょっちゅう作ってはくれなかった。原料はザラメの砂糖。当時砂糖は高く、贅沢品だった。

このカルメ焼きは全体が謎の「うまいもん」だった。後年理解するのだが「カルメ」とは「キャラメル」のことだったのである。キャラメルヤキと発音するのが正確だったらしい。キャラメルはアラブ社会ではかなりの高級品だ。

こうして見てくると日本の子供たちのオリジナルの家庭料理は材料はともかくどれもけっこう愛情たっぷりの高級食だったことがわかる。

日本三大料理、というくくりかたがある。その前に日本三大ドンブリとか三大めん類などという「各部門」ごとに考えていくのが楽しそうだ。

主力ドンブリを決めていくのは簡単だ。

カツ丼、天丼、ウナ丼、控えのオオモノに鉄火丼があって粋に輝いていた。これらが年代をこえてゆるがぬ怒濤《どとう》のご三家プラス一品でありましょうか。

明治維新のころには開花丼（開化丼とも書きますね）というのがあった。文明開化のカイカなんですかネ？　でもそれがどんな内容のものなのかドンブリ好きのぼくもよく知らない。食べたことがなかったのだ。昭和のはじめぐらいまではそこらの食堂にあったらしいけれど次第に力を失っていったようだ。

ぼくが若いころには神田や早稲田あたりの安食堂に「木の葉丼」というのがあった。なかなか気のきいたネーミングだけれど一番安いドンブリで、上に乗っているのは煮たアブラアゲだけだった。

アブラアゲを「木の葉」にみたてたのだ。蕎麦屋でだす「木の葉丼」はうまい、という定評があった。そばつゆで煮てあったからかもしれない。

無敵の煮干し、コンブ出汁

世の中でなにが一番うまくてエライか！　と問われたらその右に出るものはない！　と言い切れるのは味噌汁であります！

ま、あなた、なにをいまさらそんなコトを、そんなに力をこめて言わなくてもわかってますよ。ハイハイ。などと言うお方がきっといるのでしょう。

たとえばぼくのツマがそうなのです。どうもその「ハイハイ」というのがちょっと気にいらないのですなあ。

「ハイ」は一回で十分です。

ハイハイ。

ま、気を取り直して言いますと味噌汁はまず「ダシ」ですね。

妻に言わせると厳密には味噌汁にも適正なる「季節」があってその「季節」の具によってダシもいろいろ組み合わせがちがってくるのだというのです。

わかってましたよ。ハイハイ。

日本の四大ダシは順不同で「カツオブシ、コンブ、シイタケ、煮干し」と言っていいんではないでしょうか。

二横綱よりもゴーカな四大ダシです。

このダシも季節や具によって組み合わせを真剣に考え、仕込み（の時期）もじっくり考慮する必要がある、というコトですね。ここまでは正しい言及ができたような気がしますな。妻にこういうコトを確認しにいくとたいてい機嫌が悪いです。

たぶんそんなコトは三百年前から何度も申し上げてきました—などと言うのです。

「三百年前からカツオブシがあったのだろうか？」

などと言うとさらに事態は困窮《こんきゅう》していくのでここはこのくらいの追求でとどめます。

この四大ダシのうちコンブと煮干しの組み合わせがこのところワタクシはとくに好きなんであります。

北風吹き抜く寒い朝にはこの組み合わせの味噌汁の匂いは朝からヒトの心をあたためそしてやさしくゆさぶります。

前の晩から水にいれてダシをとりはじめている煮干しは青森県、ワキノザワの名産である「ヤギボシ」が断然よろしい。

焼き干しと書くのでしょうなあ。煮干しのアタマとワタを一匹ずつ丁寧に指で取り除いて干したものをそう言います。煮立ったときに煮干しをとり除かなくてもよくて、苦みがまるでない。あわせていれたコンブがここでは控えめな立場になって、しかし上品ないい仕事をしています。

具はなんでもいいのですが、ぼくは長ネギとアブラアゲのタッグチームを好みます。トーフとほうれんそう、も素直にいい味を提供してくれますな。

ジャガイモ、茄子《なす》、カボチャ、なんでもいけますよ。台所に何もないようなときには小さな麩なんかもなかなかいい仕事をしてくれます。

ときにはいまあげたいろんな野菜類を小さく切って具沢山のオールスター作戦にするともういつものお鍋ではすみません。

量が増えちゃって困る、というときはサラにゴーカに生タマゴ一ケを割り入れる、という乱暴なことをするのです。

ここに「真っ白な炊きたてごはん」という地上最強の援軍を出していきます。

まあこの両者が並んでいてくれたらこれ以上何がいるというのですか。

と言いつつ、助っ人として焼き海苔に来てもらいます。

「もうこうなったらワシなんでも包んじゃいますよぉー」

なんて江戸っ子の彼は朝からパキパキ威勢がいいです。よくみるといつでてきたのか梅干しが一個、小皿に乗って笑っています。

さらに少量ながらキキメのいい味とかおりの「生姜の漬物」も控え目にやってきていまず。さらに沖縄の友達がよく送ってくれる「島らっきょう」が「ハイサイ!」なんて言って今にも踊りだしそうでこのヒトも元気がいいですな。

妻は「朝ごはんのおかずとしての主役がいないと」

などと言って、初期の頃はシシャモ焼き、とかシャケの粕漬けなどを用意してくれていましたが、そうなると「ちょっとアツカン一本つけてもらわないと」などというコトになり、タイヘンな方向に進んでいったりしますから要注意。

あつあつのごはんには四分の一に切った焼き海苔をかぶせて大ざっぱにまきます。これを「アチチ、アチチ」といいながら両手で円筒状に包み、食べやすくしていきます。このようにして朝めしとはいえなかなかゴーカでおいしい組み合わせになっていくのです。

しみじみ思うのは「日本人だなあ」「しあわせだなあ」というヒトコトですなあ。

つけ加えておきたいのはしばしば朝だけでは食べきれなくて、お昼まで主力のおかずが残ってしまうことがときおりあります。

そういうときのために朝がた炊いたごはんを海苔むすびにしておくとヨイのです。

朝がたの円筒型の手抜き手巻きおにぎりではなく、昼まで残りそうだなあ、ということが分かってきた段階で妻に「これらを本格的な海苔むすびにして下さい」と頼んでおきます。すると便利なもので妻はちゃんとそのように握っておいてくれます。

海苔むすびの中には朝がた食べきれなかった梅干しが「ハイハイ」などといって笑っておさまっているのです。

この冷えてカタイ海苔むすびがまたケナゲにおいしい。ちょっと塩味がきいているのを知ります。少し煮かえした味噌汁が「もうすぐ春ですねえ」などと言いながらやさしくかいぞえしてくれるのです。

肉饅頭の安全な食べ方

ようやく春らしくなって、駅前の商店街などにぶらぶら行ってみっか、などと思うようになりました。自宅蟄居《ちっきょ》の日々もそろそろおわりになりつつあるようだし、まあ気ばらしの散歩ですね。

この冬はずいぶん何時までも寒かったから春のカタマリは出どきのタイミングが難しかったようでした。四月というのにまだ雪が降ってきたりしてたし。でもよくみると雪ではなく早くも散りだした桜の花びらのようなので「ああ花の命は短くて……」などと悲しんでいると、どの花びらも濃厚になにかくっついているのは花粉だったりして。いやちがった黄砂まみれだったか、いやいまだにウィルスだらけだったか、もう今年はなんにしても油断はできません。

それで区役所あたりが老人の外出のときは防塵《ぼうじん》、防花粉、防ウィルス、略して『三防＝さんぼうマスク』なんてのを作っておしつけてきたりしてきたら嫌だなあ。スター・ウォーズのダースベイダーがかぶってたみたいなやつ、などと警戒してました。役所のやることはいつもセンスがないからねえ。そういやアベノマスクもひどいネーミングだった。

「お前、なんだそれ？」

「アベノマスク」

「ダセエ」

の三秒で終わってしまうもんなあ。

あの送料だけで四億円ちかい費用。あんなのは考えた当人に払わせるべきだ、とみんな言ってたけれどなあ。政府には使い切れないカネがうんざりあるんだってねえ。

ネーミング会議のスタッフがオヤジだらけなんだろうねえ。女子中学生チームなんかをまぜたらもっと気のきいたものになるだろうに。それにしても「まんぼう」はダサくてみんなバカにしてましたねえ。停電警報のときだって日常生活ではあまり使わない「ひっ迫」なんて言葉をひっぱりだしてきた。例によってひらがなと漢字のくみあわせには「こん惑」しましたです。

「需給ひっ迫」じゃなくて「めっちゃ電力不足」じゃダメなんだろうか。

駅までの散歩ついでにそこらの店に入ってなにか昼めしを、などと思いますが、あまりよく知らない店に一人で入ってなにか食べる、というのもじいちゃんにはちょっと勇気がいりますね。冒険です。ですから本日、メニューを見て必死に素早く決めました。いい年寄りがあんまりニギニギしたのを頼むのは恥ずかしいから小さな声で言う。

「あの、えと、仙台五目あんかけゴマ味噌ラーメン牛舌《ぎゅうたん》のせをお願いします」

「あっ、しかもそれ大盛りでね」

小さな声で言った。跳ねるようにして注文を聞きにきた店の娘が大きな声で返答する。

「はい。こちら仙台五目あんかけゴマ味噌ラーメン牛舌のせ、大盛り一つですね。ご注文をカクニンします。こちら仙台五目あんかけゴマ味噌ラーメン、牛舌のせ大盛りひとつですね」

やっぱりこみいったものを注文しちゃったかなあ、と悩んでいると案外すぐにできてきて、またもや明るい声が店内にひびく。

「はい。おまたせしました。こちら仙台五目あんかけゴマ味噌ラーメン牛舌のせでえす！」

「あ、それでこちら大盛りのほうになります！」

目の前にまだ煮えたぎっているような仙台五目あんかけゴマ味噌ラーメン牛舌のせがぐつぐついっている。これがどのへんから大盛りのほうになっていくのかずっと見ていたい気もします。

ものごとはあまり大袈裟《おおげさ》にしないほうが、という気持があって、この頃はツマに頼んでデパ地下から中華肉饅頭《まんじゅう》を買ってきてもらい、週に一度ぐらいこれをひるめしにしています。

冷凍保存しておいて「いよいよ今日だ!」というときに蒸し器で解凍、そしてホカホカにあたためる。これたいへん簡単でよろしいヨ。中国の人、みんなでそう言って勧めたよ。料理の手間というのが殆どないのがいいのですね。ただし電子レンジで解凍、というのとはちがってちゃんとした蒸し器でもどす、というのに慣れていないじいちゃんはあまり手を出さないほうがいいかもしれない。

で、じいちゃんは食卓の用意。

といっても醤油などのタレをいれる小さなウツワをふたつ。箸を二ぜん。

大事なのは「いい酢」を用意することですな。最初の頃は醤油に酢にラー油などの三種混合などを用意していましたが多少高級な「黒酢」を手にいれれば酢だけでいけます。あとはお茶ぐらいですから、食卓は普段使っている大きなテーブルではなく、同じリビングにある小さな丸テーブルなどにしましょう。

だんだんわかってきますが最初は箸などでまずは饅頭をまっ二つにしていましたが、相手は肉饅頭なんですから両手で饅頭の左右をしっかり持って「ぐはり」と割っていきます。もう一度音声テープを再現しますと「ぐはり」です。このへん、大事ですからね。試験にでます。

いいかげんな気持で饅頭の左右を持って「へへん」なんて気持で割ると肉のほうまでちゃんと割れずに肉のカケラがおちて事件となりますから舐めた気持で事態に臨んではいけないのです。気持をしっかり集中させていかないと。ハナ歌まじりは禁止です。

「愛の水中花」なんてのをフンフン鼻唄まじりにやりながら、古い歌ね、なんてつぶやきつつ肉饅頭を箸で割ろうとすると、肉のカタマリがそっくり飛び出してきたりします。むかしは桃を割ると太郎がオギャアといって出てきましたがいまは肉太郎だから、丸テーブルの上はソドムとゴモラとなり、阿鼻叫喚《あびきょうかん》と化して花瓶はすってん。桜花はちりぢり。イヌはよろこび庭かけまわり、ねこは尻からコタツにもぐりこむ。おじいちゃんとおばあちゃんは四畳半の障子を閉め、背中をまるめて、両手で少しずつ肉饅頭をちぎって丁寧に食べていった、というはなしです。

どっとはらい。

オニギリおむすび専門店

そうだ。ゴマシオがあったんだ！　それに気づき、おもわず立ち上がってしまった。

どこだ？　どこだ？　あちこち開けたり閉めたり。でもなかなか見つからない。ここしばらく見ていなかったのですっかり忘れてしまっていたのだ。

ああいうものは使っていないとつい存在を忘れてしまい、ゴマシオ自身も忘れられてる、ということに気がつき、拗《す》ねてやがてどこかへ行ってしまう。

単純なだけにふてくされると始末が悪い。

「ワタシというものがありながら……」

と言いつつ汽車に乗って故郷にかえってしまったんですよ。

ゴマシオがなくなってもシオとゴマがあればいいじゃないの、しあわせならば、などとヒトは言うかもしれないけれど、そういうコトでもないのですよ。

思いだすのは「おにぎり」をゴマシオでくるんだやつ。おにぎりのまんなかにあるのは梅干しでも味噌でもオカカでもいい。ゴマシオが主役を張っているのはめったにないのだからおにぎりの真ん中はなんでもいいのです。ゴマシオにとって数少ない「いい時代」の記憶を胸に汽車に乗ってクニにかえっていっちゃったのです。けっして背伸びをしなかった、いかにもゴマシオさんらしい夜汽車じゃないですか。

あっ！　夜汽車だったんですか。

などと、わざとらしく聞かないでほしい。

これが「海苔むすび」だとちょっとちがっていきます。海苔むすびは存在感が大きいから新幹線になります。しかもグリーン車。お茶はステンレス製の携帯用ポットにいれてあるアツアツの緑茶。けっして自動販売機のホージ茶じゃないのです。

ぼくはホージ茶がけっこう好きなんですけれどね。

わが家の近所に「おにぎり専門店」があって、ここには三十種類くらいのおにぎりがあり、割烹着姿のいかにも「おかあさん」っぽい人があつあつのごはんを握っています。

お客さんがお店にやってきてその注文を聞いてから握ってくれるのでいつもあつあつ炊きたてのおいしいごはん。

ぼくは、ここの海苔むすびイクラ漬け入りが一番好きです。軽く押すとちょっと塩がきいたイクラ漬けがおむすびの隅々にまでいきわたっていって、クリームパンに対抗しています。力の入ったクリームパンのグローブみたいな指先の一本一本にクリームが入っているのと雰囲気が似ているんですね。

和の海苔むすびイクラ漬け入り　対　洋のクリームパン指一本一本むっちり

いい勝負です。

このおにぎり屋さんにはなにしろ三十種類もの具があり、しかも季節によっていろいろニューフェースが顔を出してくるから油断がならない。

その店に行くとき、本日は冒険でもあるけれどそういうあたらしい味でいってみっか、とよく思うのですが、いざとなるとやっぱりいつもの海苔むすびイクラ漬け、と言ってしまう。オカカの海苔むすび、なんていうのはいつでもあってそれもうまそうなんですがねえ。

迷ったあげく結局こんにちまでほかのものには指一本手をつけていません。もし、万いち、新しいスタイルのものに挑んでそれが思ったほどうまくはない時にはどうすんだ！……という、とりかえしのつかない不安があります。返せ青春！　ですね。

「ナットウおむすび」それから「マヨシャケ」（わかりますね）「チーカマおにぎり」、「からあげオニギリ」、「肉天むすび」などは若い人がターゲットなんでしょうなあ。

この春は噂のニューフェース「タケノコおにぎり」がやっぱりうまかった。いい味つけなんですよ。

それからグリーンピースの季節でもあったからグリーンピースのまぜごはんのおにぎりもよろしいですねえ。そうだ。やや危険な気配もしましたが「アサリ煮オニギリ」というのもココロくすぐりますな。

お店に入るとぼくはどんどん逆上し、血圧は高くなるわ動悸はしてくるわ目はくらんでくるわなどなどで落ちついてしっかり探せません。

そうだった。わたくしはお赤飯のおむすびも好きなのでした。お赤飯はゴハンそのものがしっかりしているからおむすびにしたとき、ごはんだけで団結していて、真ん中にブルジョワな（たとえばカズノコとか）はまるで入ってなく、実に民主主義なんですなあ。別名「マルクスおにぎり」つまり「マルオニ」です。嘘です。

いま書いたばかりの数行を読みかえしてみるとワタクシは「おにぎり」とか「おむすび」とかいろんな呼び方をしていてまるで統一がない。キチンとした校正（文章を正す人）が見たら怒りの赤エンピツで真っ赤になっておりますな。

気がつかれないうちにいそいで話をもとに戻しますが「おにぎり」も「おむすび」も古典的な存在でありながら実に未来志向で、地球にやさしい食い物として誇ってもいいのです。それは箸とかスプーンといった食器がまったくいらない、ということですね。これはかれらの歴史的偉業、といっていいでしょう。だって日本の子供らが昔話で出会うおいしそうな食べ物といったらほとんど「おにぎり」ですな。いや「おむすび」でしたか。おむすびころりんですからね。

そうしてこの「おにぎりおむすび専門店」はたぶん単独店なんでしょうね。チェーン店ではあそこまではできないような気がします。つぶれてほしくないのでここには場所と店名は書かないことにします。そうでないと明日からワンサカワンサカおにぎり顔のお客さんが押し寄せてしまったらワタクシが困るからです。ワタクシは実に料簡《りょうけん》が狭いのです。だからゴマシオさんにフラレてしまったのでしょうなあ。そう言いつつこの店に入り浸《びた》っているんですからねえ。

ソーメン大会こぼれ話

アメリカに留学し、そのまま住み着いて二十年、というぼくの娘が三年ぶりに日本に帰ってきた。二週間ほど滞在するという。

いまはアメリカ国籍となり、ニューヨーク州の弁護士をしている。なにかと忙しいヒトなのだ。日本に来ても山ほど仕事を抱えており、喧嘩しているみたいな早口の英語がとびかう日々となった。

彼女の日本での生活の日々はふるさとの味に飢えている、という状態だった。

いまやなんでもあるアメリカでもいまだに食べられないものがあって、その筆頭は「ソーメン」です。と彼女は悲しい顔をしてそう言った。ぼくも世の中でソーメンがいちばん好きだから方針は一致した。そこで妻に頼み、三日連続ソーメンにしてもらった。ぼくの家ではそれを「ソーメン大会」と言っている。ツユのダシは前の日からコンブとカツオブシで丁寧にとり、食べるときは具のバラエティを多角的に広げる。

「分葱」「焼き海苔」「シイタケ」「錦糸タマゴ」「カイワレ大根」「焼き茄子を剥いて身をほぐしたもの」「小さなスプラウト」「細いタケノコを煮たやつ」「焼いたアブラアゲを細く切ったやつ」「オオバ」「ミョウガ」「ニンジンとシイタケの煮物」「カシワ細切り」。

三日間に日替わりみたいにしてもっとほかのものも具材に加わってもらったのだがぼくはずっと逆上していたのでもう思いだせない。そうだ何よりも一番大事なものを忘れていた。これらの具を代表した主役は「梅干し」であった。あまり塩っぽくなく、どこか奥のほうにさりげない甘さがただようようなとびきりジューシイなやつだ。

めいめいが自分の器にソーメンのツユを入れるとまずこの梅干しを投入する。オツユのなかで箸でほぐしていく。この梅干しは各自段階によって一食に三〜四個入れ替えて使うから忙しい。そしてこれがうまさの基本だ。

お店の麺類と家で作るものとどこが基本的に違うのかというと、ぼくの感覚では具にもソーメンにもオツユにもケミカルっぽい味やかおりが皆無、というコトですね。

だからソーメンをすすりながらオツユも一緒に大量に飲んでしまう。この迫力のある「総合的なうまさ」にはまいります。

それらを楽しみながらいろんな話をする。

娘本人は気がついていないようだが、日本人の微妙な思考、感覚、風情といったものが失われつつあるのが危うくもったいない。そうかと思うと日本人がもうほとんど忘れてしまっているものやコトガラを突如聞いてきたりするのでそういうのが面白い。

三夜にわたるソーメン大会の折りにも娘は「ひやむぎ」はどこへいきましたか？　などと質問してきた。

そうだった。むかしはそういうものが世の中に普通にあった。「冷し中華」みたいに夏になると「冷やむぎあります」なんて即席の張り紙などが日本蕎麦屋などの壁に張られていた風景を思いだす。

「ソーメンよりいくらか太いのが冷や麦なの？」

娘は言った。

「いやソーメンは白いけれど、冷や麦はいくらか浅黒かったような気がするな」

ぼくは幼稚なことを言った。もとより確証はない。でも誰も本当のところは分からなかったので深い議論にはならなかった。

「ひさびさ日本にきて言葉で変わった、と思うところはなかった？」

妻が聞いた。

「ぜんぜん――という言葉の使い方がむかしと変わってきたような気がしたな」

娘は言った。

「そうだね。全然大丈夫、なんてコトを今は平気で言うからねえ。否定の上の肯定になるのだろうか。いや、二重否定かな。しっかり聞こうとすればするほどなんだかわからなくなってくるしねえ」

「うん。もう十分、ということを大丈夫、と言っているのかな」

ぼくがいいかげんなコトを言う。

梅干しの小壺がカラになっているらしい。

「足しておこうかい」と妻。いや、母か。

「大丈夫。いや大丈夫じゃないです。いや、つまり、しからばお願いいたします」

古語文体がいちばん通じやすくなっているようで我々はやや焦る。

娘の言葉も怪しくなってきた。ワインなどに酔ってくるとそれが顕著らしい。

三日連続のソーメン大会の翌日、娘はたまたま日本に来ている友人らとの食事に出ていった。

韓国人で大学の教授をしている友達とNYから一時やってきているアメリカ人。三人ともNYではよく会っているらしい。そろって「冷麺」好きなので渋谷の韓国料理店で食事したという。

アメリカでは日本蕎麦よりも冷麺の店のほうが多いらしい。アメリカ人は麺類をススルのが苦手である。あのズルズル音もあまり歓迎されていないようだ。でも日本だったらおおっぴらにじゃんじゃんススれる。冷麺はキタとミナミで製法も麺の内容も違っていて、好みも分断されているようだが食べ方は同じ。

日本での休暇の日々も最後になった日、ようやくぼくは本箱から目的のものを探しだした。冷や麦の謎の解明である。

「うどんはもと唐菓子の一種であった。中国から奈良時代に伝来したものである。はじめは餛飩《こんとん》といってコムギ粉をこねた団子であった。それが饂飩《うんどん》となり、さらにあたためて食べるので温飩《おんどん》となり、室町末期にはウドンとよばれるようになった。そのころからいまのウドンのように細長く切るようになった。はじめは『切りむぎ』といい、冷やしたのを『冷やむぎ』とよぶようになった」(私の食自慢・味自慢　第4巻『うどん』リブリオ出版より)。問題は解決し、娘は帰国した。

深夜の開花丼

ある日「ハルサメはどうしてるんだ！」と叫びつつ、思わずたちあがってしまった。すると家の奥のほうから「あーい」という曖昧《あいまい》な声をあげてハルサメが泳ぐようにして出てきた、というわけです。いきなりとはいえ、怖いですね。

ふいに気になっただけでしたからハルサメは奥から出てこなくてもよかったのでした。存在さえわかればいい。かれらはちゃんとわが家の乾物もの保存カゴに待機していることがわかりました。「よしよし」

ナガモノ偏愛主義者にとってハルサメは大切な予備軍です。

「もうじきおいしく食べるから達者でなあ」

「あーい」

いきなり麺が食いたくて食いたくてたまらなくなった夜更け、家にはそばも、うどんも、ソーメンも備蓄がない。ないとわかると気だけは焦る。パジャマを脱ぎ、シャツに着替えて外に出ていったけれどいささか遅すぎる時間だ。

駅のほうまでいけば蕎麦屋の飲み屋などまだあいている時間だけれどやっているかどうかはわからない。今夜は少し早めに店をしめるコトにすっか！　などと店主がいきなり考え、当方がお店に行ったときに同時にノレンを下げたところだったりして。

しかたなくトボトボ歩いて次なる行動を考えていると、自転車でパトロール中の交番警官と目があってしまう。

いまどき何の用で歩いてる？　などと聞かれるとオドオドするのよね。質問の回答いかんで徘徊《はいかい》と思われかねないからなあ。

「ハルサメ、ハルサメ」

だから、そんなことを深夜に口走ってはいけない。誤解を招きやすい展開だ。わが家で備蓄している長ものは四国の細うどんに越後のへぎ蕎麦でしたね。ほかに乾燥系の糸コンニャクがあったはずだ。糸コンニャクは麺類ではないですね。乾燥糸コンニャクなどというものが世の中にあったのかどうか。

あったとしてもすぐにモドスことができるかどうか。私のこのあたりの知識には確たるものがない。深夜のラーメンを諦めた者に、このハルサメと糸コンニャクの確たる存在がわからないのは不安である。すぐさま台所に走り、さっきのハルサメに詫び、新たに糸コンニャクなどを手にしてひと安心したわけですよ。これらをラーメンのかわりに食べる、ということになるとどうするんだっけ。

事態は深夜の料理、というややこしい問題にはいりつつあるのだった。まきこまれ型の事件、というものがチラチラする。

ハルサメか糸コンニャクか。どちらかというとおとなしくハルサメ関係にいったほうが安心な気がする。料理の方向がいくらか見えているからです。

「どっちの方向なんだ」

と、野暮な警官がさらに質問するかもしれないからここは注意したほうがいい。

どうも不安は糸コンニャクを料理するにはあまりにも時間的にタイミングが悪い気がする。そもそも糸コンニャクにはどういう料理方法があるのだろうか。これは難しい問題だ。ハルサメなら最初から迷うことはなくなんとかなったかもしれない。

そこで一句。

—ハルサメや　煮えてぶつぶつ　胸さわぎ

我ながら下手ですねえ。

そうなのだ。ハルサメに魅力を感じるのは料理の過程において、次第に「飴色」に染まってくるときの色っぽさであろう。

江戸時代の薩摩藩士が夜中に空腹のあまり深夜の江戸屋敷の片隅でハルサメを煮ていたら、いい匂いがして全体が飴色となりて芳香が外に流れている。

折り悪しく当番武士の深夜見回り隊の足音が聞こえてくる。

思わず袴ごとコンロの上に被さってしまったよ。あちあちあち。

という切羽詰まった状況が目にうかぶではないですか。

問題はハルサメだけを煮ても少しモノ寂しいことではないだろうか。さあどうする。手を打つなら今のうちだ。じわじわ不安がふくらんでくる。

確かに望みをいえば少し脂系のものの援助がほしい。例えていえばガンモドキなどはどうだろうか。アツアゲもいいですな。しかしガンモとかアツアゲなどと言いだすと事態はさらに大袈裟になる。ここは時間と効率も考えてアブラアゲぐらいで手をうっておいたほうがいいのではあるまいか。

ハルサメが煮えて、アブラアゲによりそっていくところなどはなかなか色っぽいですな。アブラアゲとハルサメがからみあっているところなどできるだけ人さまの目にさらしてはいけません。公序良俗。

と、これは故郷の藩屋敷を出るときに国元の家老から言われていたことではなかったか。

こんなときに台所から漏れ流れる醤油の匂いをなんとかしておかないと。

見回り隊に見つかったりしたら転封《てんぽう》、お国替え、いずれお家断絶、ところ払い、と次々に襲いかかる藩と我が身の激震。

とまで考えたが、こうなったらささやかな夢であったハルサメとアブラアゲの、目の前のしあわせをなんとかしてあげたい。

「そうだ！　生タマゴはどうした」

私は再び叫ぶ。騒々しいことではないか。

「ハーイ」だか「ワーイ」だかの賑やかな声がして、いくつものナマタマゴがゴロゴロ乾物収納カゴから流れこぼれてくるのが目に入る。家のなかとてそんなに乱暴に玉子が流れ出てくるとは不思議だが時代の流れに抗うことはできない。

私は躊躇《ちゅうちょ》せず、そのうちのナマタマゴ二ケをつかむと小さな鍋の内で目下対決している、アブラアゲとハルサメの熱きせめぎあいのまんなかにそれを藩に伝わる左手片手つぶしの基本技にて鍋投入。

不作法に頂点にまでいきつつあったタタカイは一瞬静まりかえり、その瞬間にも時代粛々と明治へと移りかわり、あたらしい時代へ羽ばたく音が聞こえてくるのである。

「ぐつぐつと、開花丼は夜ひらく」

やっぱりまったく下手ですなあ。

がまん大会

むかし真夏のいちばん暑い頃に、町内会とか商店会なんかが主催で「がまん大会」というのがありました。モロに昭和の風景でしたなあ。

町内会館のような家に思いきり厚着した参加者を集めてアツアツ料理をいろいろ食わせて苦しめあうというご苦労さまな行事でありました。アツアツの食い物を作るのは町内会のおばさんたちで、なにやらたいへん元気があった。

これらは観客の見せ物にする。でも観客には料理を作るところではなくて、アチアチのを汗だくで食う人々の様子を、つまりはまあがまん会場の模様を見て楽しんでもらわないと意味がないので、オモテ通りにある地元の消防団の人たちが暇になると寄り集まっているなんてところ（意味はわからなかったが、「かばんしょ」と呼ばれていた）が会場になった。

普段は町内の自衛青年消防団なんてところは寄り合い酒なんかやっていて「あれじゃあ

火事のときに役にたたねえ」なんて長老たちに言われているところだった。

でも「がまん大会」になると関係者みんないきなりハリキリだしていたのは何故なのだろう。

そのがまん大会に優勝するとヒーローになる、ということはたしかだった。たとえ一日だけのヒーローでも普通の人生にはそんなことこれまであまりなかったものなあ。

昼間から熱燗《あつかん》のコップ酒を飲める。町内会のおばさんたちがどっさり作ってくれるアチアチ料理をタダでいくらでも食えるんだからとりあえず文句ない！　という気概は伝承されていた。

もう青年じゃなかったけれど、この大会にぼくの伯父さんが出場したことがあった。

戦争から帰ってきて家でずっとブラブラしている復員兵だったからちょうどよかったのだ。伯父さんがそんなに大食《おおぐ》らいだったか、そのときにはピンとこなかったけれど、考えてみれば伯父さんは「いそうろう」であった。しかも時代は戦後長く続いていた食料難だ。

伯父さんは本当はいつだってハラペコで、わが家での食事はいつも満腹になる前に自発的に「中断」していたのかもしれないのだった。その話を聞いて、母は最初伯父さんに「みっともないわねえ。あんた」と言ったけれど「がまんくらべ」そのものが町内会の大きな企画であることも知っていたので、それ以上のことは言わなかった。たぶん母も伯父さんの空腹の実力をあまり知らなかったのだ。

その日は朝から風はピタッととまり、空から熱と光の矢がブスブス突き刺さってくるようながまん大会には殺人的な絶好の日になった。この大会は「快晴」にならないと気合がはいらなかった。青年消防団の集会所はポンプ車の収納所だったからなにかとよかったのだろう。

部屋の四隅に石油コンロがたかれ、それとは別に練炭火鉢《れんたんひばち》が数箇所に置かれた。部屋の入り口はすっかり開けられ、南側にむいたそこからは剥《む》き出しの太陽の光が情け容赦なく入り込んできた。

ぼくの伯父さんは、母の助言を得て、家中から集めてきたメリヤスの古い下着（ダボシャツというやつ）を何枚も重ね着してその上に古いラクダの長シャツを、これみよがしに着た。これはもうみるだけで強烈に暑く！、それを着たとたんに体中から熱放散して汗が吹き出てくるように思えた。伯父さんはその上に以前、冬になると父が着ていたドテラを着てきっちり帯をしめた。

応援に来ていた江戸前の深川《ふかがわ》のおばさんが悪のりをして「まだ首もと、首まわりが寒々しうございますよ」などと言ってカイマキという毛布を切ったようなものを伯父さんの首に巻いた。そこまでグルグル巻きにされると伯父さんはのりまきの奥からやっと顔をだした真夏の「タニシ」みたいな顔になっていた。

「マコト君。これじゃあどうやって食い物くうの？」と、伯父さんは苦しい息のなかから言った。そうだった。このがまん大会はそのかっこうで規定の食いものを食わなければならないのだ。

まわりには同じようにふくれあがった人がいろいろ現れていた。

三階堂という酒飲みで有名なおじさんは、自分を毛布でグルグル巻きにしており上のほうに帯をまいてその上から両手を出して飲み食い自由にしている。

いらなくなった夏がけ布団を数枚、半纏《はんてん》みたいにして覆っては紐でグルグル縛りにした駅西旅館の旦那さんはいったん座るともう動けなくなってただ汗をダラダラ流していた。

そういう人はさっそく主婦の会やミボージン会などが作った「濃厚鍋焼きうどん」「練り物赤トーガラシ・死に辛鍋」「土鍋・火鍋・逃げ遅れ鍋」などを食べていかなければならない。

当時はおばさんたち三、四人のグループごとにアツアツ鍋を競争のようにして作っており、それぞれ似たような、凶悪ないろあいにしていた。

がまんくらべの親父さんらはみんな顔を真っ赤にしてハフハフいいながら熱心に食べている。濃厚鍋焼きうどんなどは食っても食っても火山のようにあとからあとから汗が吹き出してきて、ああいうのが滝の汗、というのだろうなあ、とぼくはしばし感動して見ていた。

賞をもらった。といっても半紙に書いた大きな文字が賞品だった。毎年それがいろいろ変わり、子供だとどう反応していいかわからず、誰かが墨で書いたばかりの大きな「がまん、がまん、できました」などと書いてあるものをポカンと手にしていた。

入賞がきまるととたんに厚着をぬぎ、井戸場に出て水をあびたりしていた。

胸や背から丸くふくれて出てくる汗がなかなかひかず「わあ、わあ」などと言っていつまでも手ぬぐいで自分のからだを拭っていた。優勝者の着ていた沢山のいかにも暑苦しそうな服などみんなで見て、やはり「わあ、わあ」と言っているのがおかしかった。

ぼくの伯父さんは入賞はしたが一番大きな優勝はできなかった。でも準優勝ぐらいのところまでは絶対いっているなあ、と思った。

朝、一合のごはんを炊いて

妻には毎朝一合のコメを炊いてもらい、味噌汁をつくってもらい、ぼくはそれを食べとります。炊きたてのごはんは何ものにもまさるうまさです。時は食欲の秋。ありがたいことだと感謝しています。

わが家には電気炊飯器、というものはなく、考えてみたら結婚した頃から使っていますからもうかれこれ四十年ほど愛用している「文化鍋」というもので炊いております。これは鍋といいつつも硬質の釜そのもので機能美のある懐かしい形体をしており、電気釜より簡単で素早くおいしいごはんが炊けるのです。

でも今どき東京都で文化鍋を使っているうちはあまりないでしょうなあ。

一合炊き、と三合炊きがあります。ガスで炊きます。都市ガスです。結婚当初は武蔵野にいたのでプロパンガスでしたなあ。

現在、ごはんを食べるヒトはわたし一人しかいないので一日一合です。

朝は、そのうちのごはん茶碗一膳で十分。

一日一膳。正しい道を歩んでおります。

いや、ちょっと意味が違っていましたか。でも気にせずハナシをすすめますと、おかずは焼きタラコ、塩ジャケ、イクラの醤油漬け、なにかの白身魚の西京漬け、海苔とダイコンオロシ、シオカラ、ワサビ漬け、タマゴヤキ、などのうちの二〜三品を組み合わせてもらいます。たとえばイクラの醤油漬け、とダイコンオロシと焼き海苔、なんていう組みあわせです。炊きたてのごはんだとこれらの二品で十分。どれもすばらしく、たとえばぼくはダイコンオロシだけでもまったく満足しとります。歳のせいでしょうなあ。最近はごはん茶碗に一杯でもう「ごちそうさま」です。本当はもっとごはんをたべたいのだけれど、イブクロ方面が「もうごちそうさまにしなさい」といっているのです。コロナ騒動以降、食欲が減退しましたなあ。まあでもたいへん満足しています。

お昼どきまで家にいることが多いので、妻が外出しているときなど朝の残りのごはんなどを見て、

「そうだ！　チャーハンだ」

などと明るく思うことが多いです。少しまえ、なにかのコマーシャルで、「そうだ、京都にいこう」というのがあったですね。あれと比べるとずいぶん格差がありますが、ぼく

にとってはチャーハンのほうが大きなテーマです。

歳をとってくると家であまり自分の食い物は作らなくなりますが、チャーハンは簡単だし、友人のアウトドア系の料理名人から釣りキャンプ旅などのときに焚き火を前に作り方を実地で教えてもらい、時々それをやるのが楽しいのです。

このチャーハン、前に少しだけ書いたことがあるような気もするのですが、はるかむかしのことでもあるし、読者もぼくももう忘却の彼方にあるような気がするのでもう一回おさらいしときましょう。

チャーハン名人の名は「林さん」と言うんだけれど「はやしさん」じゃなくてみんな「リンさん」とよんでおりました。中国のヒトみたいで気安くよべるし、いかにも仙人のような風貌がその呼び名に合っているのです。だからまわりの人々は「リンさんチャーハン」と呼んでおりました。このチャーハンは朝の残りの「冷や飯」を使うといいのです。「ごはんが一粒一粒、自立していて、その上でキチンと全体が団結していることが大事です」とリンさんはごはんの国連会議のようなことをよく言っておりました。

どういうコトかというと、まず水っぽくないことを指摘しているのです。これは「文化鍋」でごはんを炊き、数分「蒸らし」た後、やおら蓋をあけたときによくわかります。炊きあがったごはんが均一化してみんな少し「小太り」になっていて、しかもなんとはなしに全体が「立って」いる状態であります。炊きあがったごはんがお釜の中でみんな立って笑っているのです。ほんの少し前まで沸騰した熱いお湯のなかであっちだこっちだ、上になり下になり、興奮し混乱を極めていたゴハン粒が今は全員、静寂と平和のうちにやすらかに安泰し、しずかに笑っているのです。

この「自信にみちた笑いたてのごはん」をわたしは毎朝に一膳食べております。さきほど申し述べたように「おいしくて」当然です。いまは釜のなかは静まりかえり、村は平和をとりもどしているのですし。リン仙人はおいしいチャーハンにしていくもっともいい状態の「ごはん」はこういう満ち足りた状態のひとかたまりです、と言っております。

フライパンの用意はぬかりなくできています。一人前のチャーハンでも底の大きく深いものを用意しとります。これをアツアツにしますがそこにはアブラはひきません。アブラ派はここで断られ、いきりたつこともありましたが、いまは納得しております。アブラのかわりにナマタマゴをふたつ割ってよくかきまわしてフライパンに投入します。これを素早くかきまわしてつまりはスクランブルエッグのようにしていきます。

そうしてさきほどのごはんをそこにエイヤッと投入。ごはんはすでにフライパンのなかで全面展開しているスクランブルエッグに遭遇し、おどろきつつも結果的に合同ダンスのように華麗にむすびついて愛に満ちた状態になっていくのです。

こうするとゴハンはタマゴにしっかりむすびついたおかげで不用意にフライパンにくっついたりせずに均等に熱くなっていくのです。

できあがりを食べると、まさしく「焼き飯」で、基本的に「実りの気配」がします。

これには一に二に（いちに、にに、と読みます）朝炊いたごはんの質、というものがかかわってきているようです。水加減わるく炊いてしまったベチャ飯ではとてもこうはいきません。

リンさんチャーハンは残った冷え冷えごはんと生タマゴ、醤油、コショウのいずれもキッパリしたシンプルなものがくみあわさってバックをかため、しっかり成立しているものなのです。ここに薬味として入っていいのは小さく切ったワケギ、好みでやはり小さく切ったショーガぐらいでしょうか。

水加減悪く炊いてしまったごはんを救う道は朝作って残っている味噌汁との組み合わせがよいです。熟年再婚とでもいいましょうか。むかしからの呼び名では「おじや」ですね。おじいさんがつくる「おじや」が完璧です。冬の遅い夜などしみじみうまかったりするのですねえ。

小サバの群れの食い放題

ときどきむかしの友達らとキャンプ旅にでかけます。これまで主に海で釣りをしてきた仲間たちなので、持っていく食事の用意はかなりいいかげんです。日本での旅はコンビニさえみつかればそこでゴハンを買っておかずは自分らで海から調達して、まあなんとかやっていけるだろ、という甘い考えがあります。

食い物の用意よりも釣り用具のほうが大事です。その土地の「おさかなさん」の好みに合う餌をみつけられないと、なかなかいいぐあいに釣れないことが増えてきました。

つまり、我々にんげんよりもおさかなさんの好みが贅沢でしかも重要になっているのです。

いまは魚ごとに好みの餌がちがってきて、いろいろ聞いて好みにあいそうなのを用意しないといけなくなりました。そのために、人間のごはんの用意があとまわしになってしまう、というわけです。

その日関東地方の漁港の堤防で十人ほどの仲間と竿を出していると、七〜八センチぐらいのかわいい小サバが群れをなしてやってきました。何千という数です。我々は「いれぐい」状態になりました。いれぐいとは、釣っても釣ってもずんずん釣れる状態です。そのままでいくと小サバの山ができそうでした。スナ山よりも大きいサバ山ですよ。裕次郎さんも「のぼりづらいし、錆《さ》びたナイフもさがしにくい」と言っておりました。

あまりにもたくさん釣ったので我々も疲れてしまい、空腹になってもいました。

「夜もまた別のサカナが釣れるだろうから、このへんで一休みしてひるめしにしよう」と、いうことになりました。

それには釣りたての小サバを食うのが一番！　で、数人がホカベン屋に「白めしごはんだけ」を買いにいき、ほかの数人が簡易コンロと油を買いにいきました。包丁と小鍋、それに醤油ぐらいは誰かしらがいつも持ってきております。

漁港にはたいていコンビニの一軒ぐらいはあり、ごはんだけの弁当もとりあえず十人ぶんぐらいは売っています。まだほんわりあったかいのが手に入りました。

買い物係が気をきかせてダイコンとダイコンオロシを買ってきました。今のコンビニにいけば何でも揃います。

一人がサバの腹をさき、ワタをだしてコナをまぶし小鍋のピンピンいうアブラのなかに流しこむ。これも流れ作業になるからずんずん揚がっていきます。まだアチアチの揚げたてにオロシ醤油をどっとからめて食ったらこれがうまかったすよお。

ああ、これ、うまいのあたりまえですなあ。みんなモノもいわずに食っていましたよ。あれで一人何尾ぐらい食ったんでしょうかね。たぶん軽く三十〜四十尾ぐらいは食いましたな。新鮮なものは単一のおかずだけで十分イケルんですなあ。

その日夕方頃に突然小型のしゅんせつ船が漁港内に入ってきました。夜間照明などギラギラさせて工事をはじめたのでびっくりしました。聞けば一週間前までやっていた欠損防波堤の修理が延びていて、その夜が工期ギリギリなので……という説明でした。二時間ほどで終わる、というのですが、機械船が入ってきては微細神経の小魚釣りはおしまいです。他へ移ろうか、という方針もでましたが、改めてテントを張るのも面倒です。ましてや少し前から三人ほどビールを飲みだしてしまっているので全員のクルマ移動は難しい。

「まあ、いいか。魚にもエンジン音が好きな奴がいるかもしれないしなあ」

そのまま横着して竿をだしていました。

何も釣れなかったら昼の小サバがまだ大量にある。炊事班長が百尾ほどを酢とダシ汁につけ、残り二百尾ほどは鍋にするぞ、と言ってました。「サバナベ」である。そこらで適当に野菜を買ってきて一緒に煮れば下品だけれど案外うまい。「お楽しみはこれからだ！」

仲間の一人が少し離れたところで小サバ一尾まるがけ（餌）にして竿をだしていたら、三十分ほどして水面近くでものすごいヒキがありました。ついにこの漁港に住むなにか大きな主《ぬし》が「寝られねえでござる」とかなんとか言って怒って浮上してきたか。

大きく引いて、竿が満月になったところで強引にぶっこぬいてみると七キロぐらいはある「石垣フグ」別名、「アバサー」でした。レッキとしたフグですが、毒性はなく肉がいっぱいついているので刺し身になる。これだけ大きいと十人前はいける。

「友よ、騒音に抗議してきたインテリフグですぞ。なんとかせねば」

「夜の酒の肴にしよう。食えばわかる」

ひどい奴があったものだが、こいつは当然ながら薄切りにするとフグ刺になる。刺身をとったあとは「サバ鍋」にいれると味にぐんとうま味が増すのである。

我々の食卓の夜のゴチソウが揃ってきた。

昼に行ったコンビニに数人がはしり、もう十個ほどの「白めし弁当」を買ってきた。半分はその夜のフグ刺し用に、のこりは明日の朝のフグキモチャーハンに未来の期待をかけられました。

夜釣りは意外なものがかかるので、しゅんせつ船の騒音に怒った大物がかかるかもしれない。

男十人の夢と希望はしゅんせつ工事が終わる頃にかないました。迷ってフラフラただよってきたヤリイカです。これはタモ（網）で簡単に引き上げました。料理長がすばやく刺身の追加に「もう三バイほどほしいなあ」といいました。料理長の願いはたぶん叶えられるでしょう。そんな月の夜でした。

タマゴどうする事件

冷えたごはんと、小さな鍋に汁椀二杯ぶんぐらいの味噌汁、それに生タマゴが数ケあります。さらに二日酔いのくせにいくらか空腹になっているヨレヨレ男が一人。

これからどういう展開になるとこのヨレヨレ男（ワタクシのことですが）は束の間のシアワセを得られるでしょうか、というのが本日のモンダイです。

男が考えたのはゴハンを電子レンジで温め、生タマゴを割りといて醬油を少しまぜ、きっぱりかき回してそのゴハンにかけ「生タマゴかき混ぜごはん」をつくる、という道です。これが一番カンタンかつ早そうですからね。しかしこれだとレンジで温めたごはんは炊きたてのアツアツごはんとはちがって生タマゴとまじるのにいささか平均的濃密度を欠いてしまう、という問題があります。

さらにこれで簡単にすませてしまうとせっかくの味噌汁が立場をなくしてしまう、という大きな問題もあります。

わたしというものがありながら……。というやつですね。

早くなんとかしないと味噌汁は「グレてやる」と考えるかもしれない。

味噌汁がグレると味噌グレといって始末が悪いです。

どういうことになるか、というと怒りでコーフンした味噌汁は家庭内暴力にはしり、最悪はテーブルの上が味噌汁だらけになります。その日の味噌汁の具はトーフとワカメでしたからあちこち小さな白い破片と黒い破片が飛び散って味噌臭くなった町はもう大騒ぎ。

そういうコトがおきないようにタマゴを割って味噌汁にポトンとおとしてあげるやさしい気づかいというものが必要です。

火をつけた味噌汁の鍋の底からはゆっくり対流がはじまり、関係者全員がじわじわとあたたかくなり、やがてトーフが笑い、ワカメがうたいます。町には平和な朝の風がそよそよ吹いて、お日様も笑っています。

しかし稀《まれ》にそういうなごやかなハーモニイに反感するタマゴがあるので、そこんとこ注意が必要です。「これは出来すぎの状況じゃねーのか?」などと疑問をもつタイプですね。

疑念タマゴといってスーパーの店先で見るだけではなかなかわかりません。民主化と多様性の社会風土のなかで育ってきたタマゴには時折そういう考えかたをするケースがあるのです。

「自分はもっとタマゴとしての独自性を発揮し、社会に役だてるのではないのか」と考える層です。こういうことにめざめたタマゴをきちんと扱わないとあとで面倒なことになります。対応をあやまると、やがて「グレてやる」とタマゴも考えるようになるからです。

タマゴがグレてちょっとした暴力に走るとやはり始末が悪い。

テーブルの上は黄身も白身もぐっちゃぐっちゃの阿鼻叫喚となり当然町は大騒ぎです。こういうときには疑念タマゴを「目玉やき」にしてあげる。というのがひとつの有効策ですね。目玉やきは派手ですが、これほどタマゴの個性をきわだたせる対処方法はありません。しかし民主的な世界というのは沢山のモノの見かたや考えかた、イデオロギーなどを対流、交差させる世界ですから「目玉やきはあまりにも黄身が目立ちすぎる」とか「カドに丸みをつけただけでその正体は日の丸ではないのか。本質は右派傀儡《かいらい》だ」などとむずかしいことを叫んだりする一派が現れてきたりしてふたたび町は大騒ぎ。

そこでいい考えがあります。黄身も白身も一緒にした「タマゴヤキ」にしたらどうでしょうか。などという民主ご都合派などの意見が出てきたりします。

その一方で「ロール派」とか「たわら型派」とか「べっちゃり派」など分派勢力がいろいろ出てきて町はまたもや大騒ぎ。そんななかにいきなり発言力をまして台頭してきたのが「自由まるごと党」で、かれらが主張するのが「ゆでたまご」です。何も加えない、何もへらさない、何もしない、という三ない政策です。いっけん自然保護に根ざした素晴らしい方針のように思えたりしますが、要は手抜きです。

そんな混乱時代に強大な存在力をあらわにしてきたのは「ごはん」でした。「あんたらいろんなことを言うてはるけど、ごはんがなければあきまへんで」と言っています。関西のひとなんですね。農村を票田にした「日本ゴハン党」が母体ですからこれは強い。

しかしゴハン党とか票田とかアンタ何いってんのよ、などという冷静な人も出てきます。なるほど町が大騒ぎになる前になんとかしないといけないのですからみんな冷静にならないと。少し前にこの連載でコメのことを語ったとき、残ったゴハンを味噌汁にいれて「おじや」にしたらどうだ。などとわたくし、するどいコトを申しあげたことがあります（本書一三四ページのことです）。

そうなんです。わたくしは実は「日本おじや党」だったのです。日本おじや党はいりみだれる泡沫勢力の混乱のなかにあって唯一、妥協なく、それぞれの主義主張を呑み込み、言いたいことをきちんと聞きいれ、主張の食い違いをそんたくし、結果的に町に平和をもたらしてきました。

今回も混乱しているタマゴ界の主張をそれぞれ聞いて調整し、ひとまず味噌汁の許容力に期待していくべきだ、ということを主張しました。ゴハンをアツアツ味噌汁のなかに投入。そのうえに「生タマゴ」「目玉やき」「タマゴヤキ」「ユデタマゴ」四派をまとめて鍋に投入し豪華「タマゴとじおじや」というものを強引に作成しました。その上で台所のテーブル近辺をうろついているヨレヨレ二日酔い男をあたたかく迎え入れたのです。そしてこの「タマゴとじおじや」という妥協案によって町には本格的な平和がおとずれた、ということです。御静聴ありがとうございました。あれ？　誰かここで演説していたんでしたっけ。

雪山のいちゃもん鍋

むかし仲間たちとよく雪山に行った。

最大のヨロコビは雪洞《せつどう》を掘ってそこでキャンプしようとするときだった。雪の洞である。つまりカマクラのでっかいやつ。雪が降り積もっているふところの深い崖のようなところに穴を掘り、その中で暮らすのだからこんなにわくわくすることはない。スコップだけで自分らのすみかを作るんだものなあ。

最初に雪洞を作ったのは秋田県の白神《しらかみ》山地だった。四人の共同作業で半日がかりの工事である。設計図はカタカナの「コ」の字型だった。どこかが潰れ落ちたときを考えて出入り口はふたつ作った。

中央に大広間を作り四人がクルマ座になって、真ん中へんにコンロ（ラジュウスともよぶ＝ホワイトガソリンを燃料にして、小型ながら火力が強い）を置く。みんなでこれからの人生設計について話しあう。ハラへってるので「なんでもナベ」をつくることにした。

まわりに積もっている雪（つまりはわが家の建材だけれど）をドサッと鍋の中に入れてそれをくりかえして水を作っていく。けっこうびっくりするくらい沢山の雪を溶かさないと鍋の半分の量の水にもならない。

キリタンポが活躍した。スーパーでこれを十本ほどまとめ買いし、あとは頼りになりそうな野菜類や練り物や肉類、揚げ物、ワンタンの皮、ハルサメなどを買っておいた。

雪山キャンプのいいところはその場に食料を蓄積しておけて、住まい全体が冷蔵庫なので食材をたっぷり蓄積しておけることです。コメはキリタンポで足りるし、まわりは雪という水だらけの世界になっているので水を心配することはない。夏山登山よりも荷揚げは軽い感じなのでした。

鍋は普通につくっていけばいい。

根菜類はどれもじっくり煮込んだほうが力を発揮するようだ。タラの切り身はいい光沢をしていかにも何かやりそうだ。名前もよくわからない小魚はそのまま鍋に入れてしまう。スーパーで「馬わさび」と書いてあったのを見つけ、くわしくわからないまま鍋に入れたらあとでホースラディッシュ、ということがわかった。こういうのが案外楽しくいい複合味をだしていました。

鍋全体に熱がまわり、ちからをもってきたらあとは各自好きなようにして食う、というのが「雪山鍋」のオキテだ。雪の山はけっこう乾燥していて水分の蒸発が早く、まわりの壁から雪をこそげとって鍋に補充するということがけっこう続く。でもコンロ前に座ったままいくらでも水分補給できる、というのが雪洞キャンプの素晴らしいところ、おいしい家なのだ。でもあまりそういうコトを続けていると「家」を全部食ってしまうことになるから注意しないと。

頃合いを見て最初のキリタンポを数本投入する。ごはんからもいいダシが出る、ということを我々は何度かこの鍋をやって知っていた。キリタンポそのものはじっくり辛抱強く、ずっと煮込んでいてもそんなに簡単には溶けない。ねばり強い性格、体質なのだ。

それからもうひとつ重大なことはこの鍋を作っているベースキャンプを基点にその日ごとにあちこち日帰り遠征をし、毎日そこにかえってくる。この鍋にわずかの火を入れておくだけでいい。疲れた体を休めながらめしを食える。そうやってずっとこの鍋ひとつでやっていける、ということだった。

味が薄くなったら基本の味である醤油その他をたせばいい。主食のキリタンポはいつでも補給がたっぷり可能、ということが頼もしい。イクラとかスジコ、カズノコなどもずっとプチプチ活躍している。

しかし、人間というのはまことに勝手なもので、そのうち毎日続く同じ様子の鍋に飽きてきて、次第に文句をいうようになってくるのだった。

「キリボシダイコンもいいですけどね、もう少し本格的に細長いものを出してもいいでしょう、と言ってるんです。もりそばとか。ヤキソバとか、スパゲティとか、世の中にはそういうものがいろいろあるでしょう。だからそのあたりがどうなってんのか！　とねーわたしはさっきから聞いているんです」

などと酔っていいちゃもんをつけるやつが出てくる。それの矛先はしだいにキリタンポにむけられてくる。

「ええ？　どうなんですか。あなたそやって鍋のなかでナナメ横になって、まいんち

（毎日）温泉につかった気分でお肌のことばかり気にしているようですけどもね、お肌つやつや、というのはよくわかりました。まいんちそやって磨いているんですからね。そりゃ、あなたはもうすっかり玉の肌ですよ。朝露はじく、てえやつです。だけどあなた、そこまでになるのに国のおとっつぁんやおっかさんはどれだけ苦労してきたか、おっかさんは秋田小町めざして、苦労してあそこまできたんですってねえ。だったらあなたちょっとでもそのことを考えたことあるんですか！　と、わたしはそ言っているんですよ」。そんなイチャモンにすぐに加わってくるやつがいる。

「そのとおりだてんだ。おめえは黙っていてもまわりがチヤホヤしてくれるから目だち

まくっていればいいけれどもよ。下の者のことも考えてやらなきゃ世間がなりたたねえっていうことじゃねえのか」

下の者ってだれのことなんだ。

まあかまわずいちゃもんは続き、いろいろ鍋のなかのほかのものにまで勝手ほうだいのいちゃもんのトバッチリだ。

「なあ。だからよお。カニカマのあんちゃんにも少し考えてもらわなきゃやってことだろ。袋のなかから自慢の脚だしたり引っこめたりしてよお」

「そやってキリタンポをユーワクしてんだ」

「おい、ハルサメの恰好《かっこう》みろよ。うっとり全身ひろげちゃってよお」

「意識してんだ」

そんなこんなで鍋のなかは終日大さわぎ。

マルカン大食堂の割箸ソフトを知ってますか

取材仕事があって岩手県の花巻に行きました。初冬にしてはやさしく暖かい、という贅沢な季節のなかを五人のチームで移動しておりました。北上川ぞいにいくと宮沢賢治が名づけた「イギリス海岸」に到達します。観光客の姿はまるでなく、気持のいい風が奥行きのある日差しのなかを泳ぐようにして吹いておりました。

遅い午後に花巻駅ちかくに到着。案内してくれた地元の友達がマルカンビル大食堂に連れていってくれました。

むかしマルカンというデパートがあり、今はもう営業をやめてしまったけれど食堂だけをそのまま残していて元気にやっている、ということなのです。

少し前、日本のデパートがまだ元気だった頃、この大食堂というのがかならずあって日曜日など家族連れでにぎわっていたものですなあ。昔日《せきじつ》のなつかしい気配を求めてその店に入りました。みんなほどよい空腹になっていましたからねえ。

広いフロアは昭和の風に乗って空中をトンできたような人たちでびっくりするくらい混んでおりました。

お店の従業員は年齢に関係なく揃いのメイド服です。なかなか似合っていていい雰囲気でした。テーブルの近くをとおりすぎていったなにやらただならぬ気配のソフトクリームらしきものにみんなの目が奪われました。

高さおよそ三十センチはあるトウモロコシ型で、ソフトクリーム界の迫力大親分、いやクィーンと呼ぶべきでしょうか。毅然《きぜん》とした貫禄がありましたからねえ。

我にかえってさらにまわりを見回すとそれを食べている客がけっこう沢山いるコトがわかりました。どうもこの店の名物らしいです。これを食べるのは割箸をつかうのが流儀のようで、みんな割箸を一本ずつ両手に持ってチャッチャッ、さらにシュルシュルと床屋みたいに素早く動かし、壁塗り、じゃなかったその反対の「壁はがし」のような手つきでタワーのようなソフトクリームを手ぎわよく食べており、気がつくと我々はそれをうっとり見つめておりました。

でも見とれている前になにか注文しなくてはいけません。とにかく空腹でしたからねえ。写真入りメニューをみると最初に目に飛び込んできたのが、スパゲティのケチャップ大量まぶし、いわゆる「ナポリタン」と、ド厚いトンカツの組み合わせです。

その名も「ナポリかつ」（九九〇円）略して「ナポかつ」。ナポリタンもトンカツもサラダもそれぞれどっさりでした。

聞けばマルカン大食堂の人気ナンバーワンということです。早くもそれに決定か！　という、悩殺ひとめぼれ的吸引力でしたが、まてよ、その隣に位置している「タンメン六九〇円、大盛り一二〇円プラス」を見てしまうと「麺食い人生」の当方としては素通りできません。

いや、それを言うなら「ざるそば特盛り九九〇円」の写真を見たら「ここを通してくだしゃんせ」状態となります。

蕎麦がチョモランマのようにそびえ立っておりまして説明に「ザル蕎麦普通盛りの二・五倍」と書いてあります。タレだって足りなくなるのが常なのでしょう。最初からふたつついているようです。

わたし、たちまち逆上して、目玉とび出しそうになるのを慌てて両手でおさえ「友よ止めるな、あそこに行かせてくれえ」状態になっておりました。

でもよく考えたら、そういう欲望は遙《はる》かむかしの青年時代のもので、目下のこのヨタヨタじいさんには、飛び跳ねようと、転がろうと、食えっこない、それはかつての栄光のでっかいイブクロ時代のコト、と知るべきなのでした。

少しずつ冷静になって「タンメン普通盛り」で納得し、あとは荒い息をおさえるだけでした。一緒に行った取材チームのうち二人は素直に「ナポリかつ」を。一人は「カツカレー」一人は例の「タワーソフト」。そしてみんなで餃子三十個をわけて食べました。それぞれ満足しとりましたな。

やっと全員冷静になり、この店のメニューを改めて分析することにしました。

ものすごく豊富なメニューですが、よく見ると部門ごとに分けられており、大盛り系が充実していることでした。

カレー部門でその例をみると、もはや大盛りではいきたりず「メガ」という用語を使っておりましたなあ（〜メガトン、のメガです）。その代表は「メガカツカレー」で、その店でメガとつくのは通常の二倍とあります。これを食べればお腹もカロリーもメガで超いっぱいとなるのでしょうなあ。

次に日本蕎麦部門を見ると主力八部門が充実しており、併走してもう少し、と思うかたはおにぎりの、コンブ、おかか、シャケ、梅、のよりどりみどりがあります。

「こいなりさん」はどこにいるのか、見回してしまいそうでしたが小さな「いなりずし」ですね。わざとらしくあたりを見回してはいけません。「ちょい刺し五八〇円」というのはその名のとおりちょいと少しの刺し身、というものでした。

蕎麦、すし部門も充実していて十九品目のメニューになっておりました。かけ蕎麦に鉄火巻き八九〇円なんて青年時代ならば追加作戦、というところでしたなあ。「チビざる」というのは子猿じゃなくてザル蕎麦の小さいの。

驚くべきメニューは「甘いもの部門」でした。ふだん甘いのは食べないけれど、さっきクィーンのようなソフトクリームを見てしまったしなあ。そのソフトクリームには八つの品目がありました。充実しとります。パフェが六品目。ティラミス五二〇円。バナナパフェ五五〇円。プリンパフェ、フルーツパフェ、チョコパフェ、チョコフレークパフェ、どれも五八〇円。甘いものってけっこうな値段なんですねえ。

あとがき

先日、久しぶりに本格的な寿司屋に行った。十五年ほどやっていた連載仕事がおわり、その編集者と書き手（ぼくのことですが）にゴクロウサマ、という会だった。関係者も加わって五人だったのでお店は貸し切りになった。ぼくたちがそうしてほしいと頼んだわけではなく、寿司屋の大将がそうしてくれたらしい。貸し切りではなくてもいいのだけれど寿司屋の大将はもうあまり働きたくないのだと言っていた。

本格的な寿司屋に行くのは今年はじめてだった。いや、よく考えると七、八年ぶりだった。コロナが街を覆ってから寿司屋にいく機会は激減した。寿司屋も休んでいた。ぼくの記憶にある寿司の味は釣り仲間集団（雑魚釣り隊）で行ったキャンプ旅以来だ。それも十七年連続してやっていた連載の終了ゴクロウサン会でのことだった。わあ、寿司はいつもサヨナラのときになる。なんだか寂しいな。

その釣り仲間の若い衆に寿司握りに凝《こ》っているやつがいて、研究と実践に腕をみがき、最後の二十五人のキャンプ旅でぼくたちが食う寿司を作ってくれたのだった。

仲間の一人が作ってくれたのは、八丈島で一般的に食べている郷土料理「島寿司」と言われているものだった。サカナはアジ（ムロアジ）のみ。まずはこれを五十尾ほど釣り上げる。ごはんを炊いて酢めしにし、魚に芥子《からし》を擦り込んで握る、というちょっと変わった寿司だった。でも島ではそれが一番うまい。人数が多いから握ってくれたのはなんと四○○カンだった。追加は果てし無く続き、握っている奴が倒れそうになるまで続いた。

ごはんを炊くのから始まって四時間ぐらいかけてくれた。

シロウト寿司とはいえ魚は寿司屋より新しいし、コメは炊きたてなんだから圧倒的にうまい。

サカナはみんな自分たちで釣ってきたものなのでタダだ。そしてめっちゃ新鮮。うまくてうまくていくらでも食べられる。やがてキケンなくらい満腹になるのが悲しかった。

この釣り仲間集団では全国のいろんな海で寿司になる魚が大漁になるとよく寿司ざんまいになった。

初期の頃は本職の握り寿司をやる仲間がいたので無敵だった。いつも仲間うちの長い行列ができ、あまり落ちついて喰っていると待っている仲間の行列から殺気が漂ってきた。

そこで特定の奴が長く座っているのをさけるために、おれたちがその寿司握り男をかこんで行列を作り、二カン程度注文し、また行列の後につく、というふうにグルグル回って食った。

これは評判がよかった。場所はキャンプ場にあるコンクリート製の炊事場だったが、日本でただひとつの「人間回転寿司」となったおれたちは夜更けまでとぎれない列をつくってみんなでうっとりし、それから「うめえよう！」などと叫んでいたのだった。

去年から今年にかけて食べた本格的なにぎり寿司はそれだけだった。キャンプ寿司は同じ種類のサカナになることが多かったので、先日（三日前）行ったその本格的寿司屋の話をもっと書いておきたい。

おいしかった思い出だ。読むほうはきっと迷惑なんだろうな、と思いつつ、もっと濃厚にじゃんじゃん迷惑させたいから書いてしまうのだ。

あまり働きたくない寿司屋の親父は無口で自慢もなくウンチクもなくいい人だった。ぼくたちは予約してあった。だから知らない客はそれ以上入ってこない。

ヅケ台に座ると、すぐに突き出しが出てくる。小鉢に赤身のブツギリだった。

とてもとてもうまい！

「うまいマグロですねえ」

感心していうと、

「カツオなんですよお」

なんて言われてしまった。カッコ悪い。ぼくは刺し身のなかでカツオが一番好きなのだ、日頃言っているのになあ。

マグロ、あなご、タコ、アジ、の順に握ってもらったけれど、うまくてうまくて倒れそうになってしまった。日本人はしあわせな民族だよなあと、その夜、みんなで力づよくうなずきあったのだった。

アレ、あとがきをこんな自慢話で終わりにしてしまっていいのだろうか。

いや、ちょっと道義上まずい。

そこで教条めいて書いてしまうと、寿司は日本で最高の「食い物」と思うので、子供にはあまり本格的な（その日、ぼくが連れていってもらったような）寿司屋には連れていかないようにしたほうがいい。こんなにうまいもんをガキの頃に食わしてしまうと将来ロクな人間にならない、と思うからだ。

以前、武蔵野に住んでいたころ、まだ回転寿司がなかった。でも年に一回ぐらいいける町の大衆寿司屋があった。ボーナスが出たときなんかぼくはツマをさそってそこに行った。そのときよく会うハイソ（ハイソサエティ）っぽいファミリーとときどき一緒になった。ヅケ台の前に座った小学生ぐらいのガキが親と一緒にいろいろ食っていた。

その少年がイッカンとかガリとかシャリとか言うのだ。バカヤロウ、と思ったね。ひとにぎり、とか辛いのとか、ゴハン、なんて子供らしくいわんか。こういうのが将来恋人をつれて本格寿司屋に行くと、ガリとかヅケとか、ガレージ(シャコ)とかアッチコッチ(ほうぼう)オアイソ、などと言っているのに違いないのだ。おお、いやだ。いやだ。

しかしむこう(ガキのほう)もなにか言っているかもしれないのだ。

「じいさんは寿司屋侵入禁止にしてほしい。何時までもアワビをくちゃくちゃいってうるさくてせわしないし、茶碗蒸はちゅうちゅうススルし、誰も相手がいないのになにかずっとお説教してるし……」

椎名　誠

二〇二三年三月

椎名 誠（しいな・まこと）
一九四四年東京生まれ。作家。写真家、映画監督としても活躍。一九七九年『さらば国分寺書店のオババ』でデビュー。これまでの主な作品は、『犬の系譜』（講談社）、『岳物語』（集英社）、『アド・バード』（集英社）、『中国の鳥人』（新潮社）、『黄金時代』（文藝春秋）など。最新刊は、『失踪願望。』（集英社）、『漂流者は何を食べていたか』（新潮社）、『出てこい海のオバケたち』（新日本出版社）、『椎名誠［北政府］コレクション』（椎名誠・北上次郎編　集英社文庫）、『家族のあしあと』（集英社文庫）。私小説、ＳＦ小説、随筆、紀行文、写真集など、著書多数。
「椎名誠 旅する文学館」
（https://www.shiina-tabi-bungakukan.com/bungakukan/）も好評更新中

本書は、『女性のひろば』（日本共産党中央委員会発行）に連載している「おなかがすいたハラペコだ。」（二〇二〇年九月号から二三年三月号）を加筆整理して収録するものです。

おなかがすいたハラペコだ。④　月夜《つきよ》にはねるフライパン

2023年5月20日　初　版

著　者　椎　名　　誠
発行者　角　田　真　己

郵便番号　151-0051　東京都渋谷区千駄ヶ谷 4-25-6
発行所　株式会社　新日本出版社
電話　03（3423）8402（営業）
03（3423）9323（編集）
info@shinnihon-net.co.jp
www.shinnihon-net.co.jp
振替番号　00130-0-13681

印刷・製本　光陽メディア

落丁・乱丁がありましたらおとりかえいたします。

ISBN978-4-406-06750-8 C0095　　Printed in Japan